한 촛불이라도
켜는 것이

한 촛불이라도 켜는 것이

구상 산문선집

나무와숲

영원한 질문, 영원한 해답

구상 선생을 일컬어 '구도의 시인'이라고 한다. 나의 고등학교 은사 안장현 시인은 생전에 "구상 선생은 살아 있는 성인이라고 한다"고 말씀하셨다. 고은 시인은 "우리 문단에서 교주로 모실 만한 분은 구상 선생"이라는 말씀을 들려준 적이 있다.

　나는 선생님의 댁과 가까운 곳에 살았다. 여의도에 있는 직장을 다니느라 집을 여의도로 옮겼는데, 선생님이 계시던 시범아파트 옆의 삼익아파트에 우리 집이 있었다. 역시 시범아파트에 사시던 안장현 은사의 덕으로 구상 선생님을 뵙게 되었다. 그러나 나는 워낙 늦게 선생님을 뵌 탓에 기억 속의 선생님은 늘 보행이 불편하신 모습이다. 선생님은 나를 보면 밝게 웃으시며 반가워하셨다. 63빌딩에 있는 성천아카데미에서 구상 선생님과 유달영 박사님을 뵌 것이 엊그제 같건만, 두 분이 타계한 지도 벌써 10년이 넘었다.

유족들에게 들은 선생님의 면모는 소장하고 계시던 이중섭 화백의 그림을 팔게 하고는 그림 값 1억 원 전액을 보지도 않고 수도원에 사제양성기금으로 보냈다거나 장애인 문학지를 내고 있는 방귀희 작가를 불러 2억 원을 주셨다는 식이다. 그런 일에 가족들은 늘 뒷전이었다는 말이다.

우리는 이 산문집에서 선생님의 풍모를 엿볼 수 있다. 선생님의 부모님과 순교하신 형님 이야기, 부인과의 만남, 남하하신 계기가 된 《응향》 사건의 전모, 6·25를 전후한 국방부 시절과 언론인으로 활약하시던 시절의 이야기 등이 생생하게 증언되고 있다.

구상 선생님은 내게는 문단 선배시지만 언론계 선배도 되기 때문에 언론인으로서의 활약상이 특히 인상 깊었다. 선생님은 언론인으로서도 탁월하셨다.

이 산문집에서 무엇보다 소중한 것은 우리 문화사에서 큰 위치를 점하고 있는 분들에 대한 기록이다. 대향 이중섭 화백, 공초 오상순 시인, 아동문학가 마해송 선생, 이무영 작가, 김광균 시인 등 선생님과 깊은 교분을 나누셨던 인물들의 이야기가 사뭇 다채롭고 재미있게 펼쳐지고 있다. 또한 워낙 젊은 나이에 스스로 목숨을 거둬 다소 생소한 천재 조각가 차근호 등은 새로운 발견과도 같은 느낌을 독자에게 준다.

　이 산문집의 가치는 선생님의 종교관과 철학이 피력되고 있다는 점이다. 선생님께서는 니혼대학 종교학과를 다니셨기 때문에 집안 신앙인 가톨릭 외에 불교에 대해서도 이해가 깊었다. 선생님의 문학을 접하는 데 필수적인 사상적 배경을 이 책을 통해 만날 수 있다.

편집에 애쓰신 선생님의 애제자들 장원상·이진훈·이승하 제씨와 고명따님 구자명 작가께 감사한다. 이들은 모두 기념사업회의 임원으로 생전의 인연을 길이 이어가고 있다. 어려운 출판 환경에도 선뜻 나서준 도서출판 나무와숲도 고맙다.

　이제 우리는 구상 문학의 이해와 연구를 위한 중요한 텍스트를 갖게 되었다. 아무쪼록 이 책이 일반 독자와 연구자들에게 널리 읽혀 삶의 훈향薰香으로 퍼져 나갔으면 한다. 구상 선생의 생애는 영원한 물음인 '어떻게 살 것인가?'에 대한 한 해답을 우리에게 다정하게 들려주고 있기 때문이다.

2017년 여름
유자효
구상선생기념사업회 회장

나의 인생 행각기

1부

나의 금잔디 동산

나는 네 살 때 북한 함경도 지구 선교를 맡게 된 독일계 가톨릭 베네딕도 수도원의 교육사업을 위촉받은 아버지를 따라 서울서 원산시 근교인 덕원德源이란 곳으로 가서 자랐다.

논밭 속에 둑을 지어 자갈을 깐
플랫폼을 내려서
양 옆구리에 채마밭을 낀
역 앞길을 나서면
국도가 가로지르고
과수원과 묘포苗圃를 끼고 가면
읍내 향교가 보이고
저 멀리 마식령 골짝
절이 보이고
철도 건널목을 넘으면

조, 수수밭이 널려 있고
밭 속의 산을 뚫은
신작로가 베폭처럼 깔려 있고

콩밭 옆 용소龍沼를 지나서
적전강赤田江 다리 위에 서면
사방, 들판이 한눈에 들어오는데
북으로는 우거진 수풀 속에
가톨릭 수도원 종탑,
발치로는 찰싹이는 동해,
서쪽으론 성황당 고개가 보이는
어구於口 돌아서 뒷산 시제時祭 터 아래
상여도가喪輿都家가 있는 마을
이태백의 달 속 초가삼간에
신선이 다 된 노부부가
아들 하나를
심산深山에 동삼童蔘 같이 기르고 있었다.

이것이 나의《모과 옹두리에도 사연이》에 나오는〈금잔디 동산〉의 서경敍景이라기보다 실사實寫다. 아버지는 연금이 붙은 은퇴 관리로 부근 읍면에 해성학원을 셋이나 세우고 그 원장이 되었지만 거의 실무에서는 떠난 명예직이었으며, 문전옥답이란 말이 있듯이 마을 초입에다 예순여섯 마지기 논을 장만하여 그 간농看農이나 하며 유유자적하였다.

그때 아버지는 쉰넷, 어머니는 마흔여덟이었는데 지금의 인식으로는 일흔의 노부부와 맞먹는 노인네들로서 큰아들은 수도원에 들어가고 만득晩得인 나 하나를 그야말로 동삼童蔘에다 비유했다시피 애지중지하며 사셨다.

그래서 나는 아버지를 따라서 어려서부터 농사에 접근하게 되었는데 물론 논과 텃밭들은 다 남을 주어 직접 손을 대본 것은 아니지만 대체적인 물리는 트게 되었고, 더욱이나 수도원에서 일찍 시작한, 독일식으로 근대화된 농경과 축산과 과수와 채마 재배 등에 접하고 있었다. 또한 90호 남짓의 마을 거의 전부가 생업이 농사요, 그들의 아들딸들과 함께 자랐는지라 저절로 농촌 생활에 익숙하게도 된 것이다.

그때 생활의 우스운 예를 하나 들면 여덟 살에 보통학교(지금의 초등학교)에 입학했는데, 등교 첫날 나의 옷차림이 전교 아이들의 놀림감이 되고 말았다. 그 옷차림이란 별것이 아니라 소학교생 양복에다 란도셀(당시 소학교생들이 책이나 학용품을 넣어서 등에 걸머지는 네모난 가방)을 메고 갔을 뿐인데, 이것이 거기 애들의 눈에는 우체부로 보여 단 하루 만에 '배달부'란 나의 별호가 생겨났다.

그래서 그 이튿날부터 당장 양복을 벗어버리고 한복 차림을 하고 나서는데 어머니가 학교엘 가면서 바지저고리 바람으로는 학생 체모가 안 선다고 우겨서 목세루 두루마기를 입고 책보를 들고 갔더니 이번엔 나이 어린 신랑 같다고 '알서방'이라고 놀려들 댔다. 물론 나는 그다음 날부터는 맨바지저고리 바람으로 등교를 하였고, 비 올 때도 비옷이나 우산이 있지만 막무가내로 이를 마다하고 다른 애들처럼 포대를 접어 쓰고 다녔다.

이렇듯 그 이질성이 다소 저항을 받은 면도 있으나 그보다는 서울집 도련님에 대한 선망에서 오는 우대가 나의 소년 시절을 마치 별의 왕자 못지않은 다행을 누리게도 하였다.

그거야 여하간 나는 그 속에서 농촌 생활의 희비와 농민의 애환을 그나마 이해하게 되었고, 그래서 지난 1960년대 연작시 〈밭 일기〉 100편을 쓰게 된 동기도 저 소년 시절의 회상에서 연유하였고, 또 그런대로 써낸 것도 저 소년 시절의 체험에서이다. 이제 여기다 〈밭 일기·1〉을 소개하면 다음과 같다.

밭에서 싹이 난다.
밭에서 잎이 돋는다.
밭에서 꽃이 핀다.
밭에서 열매가 맺는다.

밭에서 우리는
심부름만 한다.

아버지의 유훈과 형의 교훈

나의 칠십 평생 삶의 지침이 되고 좌우명이 된 말씀이라면 역시 선친의 유훈과 가형家兄의 교훈이다.

나는 아버지가 쉰, 어머니가 마흔넷에 난 소위 만득이(늦둥이)인데 태몽에 "사슴이 내 허벅지를 꼭 물어뜯었기 때문에 그래서 멀쩡해 가지고는 애를 많이 태운다"는 어머니의 술회이셨다. 그도 그럴 것이 다섯 살엔가 천자문을 떼는 총기를 가지고 있었던 모양인데, 어려서부터 악지(고집)가 세고 자라자마자 그렇게 말리는데도 불구하고 신학교엘 들어가더니 뛰쳐나오질 않나, 노동판엘 굴러다니질 않나, 일본엘 밀항을 하지 않나, 아무튼 일찍부터 동네에서는 주의자(主義者 : 그때 저항적 지식인의 통칭)로 호가 나고 유치장 출입을 자주 하는 불령선인不逞鮮人이 되었으니 부모님께 끊임없는 불안과 상심거리였던 것이 숨길 수 없는 사실이다.

오죽해야 어머니는 매양 "나는 네가 세상에서 잘났다는 소리를 듣느니보다 그저 수굿이 살아 주는 게 소원이다"라는 애원에 가까운 당부를 하셨고, 아버지는 돌아가시기 사흘 전 나를 불러 앉히시고는 "너는 매사에 너무 기승氣勝을 하지 말라! 아무리 의롭고 바른 일이라도 기승을 하면 위해危害를 입느니라" 하시면서 《채근담菜根譚》을 손수 펼쳐 짚어 보이신 것이 다음과 같은 구절이다.

조금 줄여서 사는 것이
조금 초탈해 사는 것이니라.
減省一分便超脫一分 감생일푼편초탈일푼

저 유훈을 받을 때가 언제인고 하니 나의 대학 시절로서(1학년 여름방학) 그때 나는 희망과 고민의 과대망상에 빠져 있는 상태라 저러한 아버지의 말씀에 크게 깨닫고 마음을 돌이켰다기보다는 노쇠한 영감님의 소극적 인생관이라고 여겼던 게 숨김없는 고백일 것이다. 그 시절 나의 정신적 내면을 〈모과 옹두리에도 사연이〉라는 나의 자전시에서 찾아보면,

그때
라 로슈푸코 공과의 해후는
나의 안에 태풍을 몰아왔다.
선한 열망의 꽃망울들은
삽시에 무참히도 스러지고
어둠으로 덮인 나의 내부엔
서로 물어뜯고 으르렁거리는
이면수二面獸의 탄생을 보았다.

자기 증오의 밧줄이
각각으로 숨통을 조여오고
하늘의 침묵은 공포로 변했으며
모든 타자는 지옥이요
세상은 더할 바 없는 최악의 수렁……

하숙방 다다미에 누워
나는 신의 장례식을
날마다 지냈으며
깃쇼지吉祥寺 연못가에 앉아
짜라투스트라가 초인의 성城에 오르는
그 황홀을 꿈꿨다.

- <모과 옹두리에도 사연이·7>

저러한 정신적 열망과 절망의 극한적인 상황 속에 있는 20대의 나에게 가톨릭 신부였던 나의 형에게서 그 어느 때 글월을 받았는데 거기 적혀 있는 것이 바로 아시시 프란치스코 성인의 말씀으로 "하느님께서 너에게 내려주신 모든 은혜를 도로 거두어 도둑들에게 나누어 주셨더라면 하느님께서는 진정한 감사를 받으실 것⋯⋯"이었다. 실로 허를 찔린 느낌이었다.

그러나 앞의 아버지의 유훈처럼 그 당장 나의 개심改心과 전신轉身을 가져온 것이 아니라 오히려 자기 안주安住의 운명관이라고 반감마저 일으켰던 게 사실이다.

그러나 저 아버지의 유훈과 형의 교훈은 어느 경전의 잠언이나 경구보다도 내 안에 깊이 새겨져 살아 있었으며, 더구나 인생을 살아오면서 제 탓으로 또는 뜻밖의 봉변으로 여러 가지 험준과 격난을 겪고서는 그 유훈과 교훈이 나의 성정性情과 전정前程을 통찰한 예언적 훈계였음을 깨닫게 되었다. 그리고 내가 병약한 몸으로 칠십을 넘겨 살며 세상에 큰 망신 없이 이렇듯 지내고 있음은 저 아버지의 유훈과 형의 교훈이 어느덧 나의 심혼에 새겨져 있는 덕분이라고 내놓고 말하게도 되었다.

나의 대학 시절

나의 대학 생활은 그 출발부터가 지금으로 보면 비정상적인 것이었다. 즉 내가 일본 동경으로 간 것은 부모의 양해 하에 어떤 대학 진학을 목표로 정식 도항 수속(渡航手續 : 당시 한국인이 현해탄을 건너기 위해서는 증명서가 필요했다)을 밟고 간 것이 아니라 출가 도주하여 밀항에 성공한, 그런 가정과 고향에서의 탈출이었다.

불쑥 이렇게 말하면 독자들은 이해가 안 가겠지만 내가 일찍 열다섯에 가톨릭 신부가 되고자 베네딕도 수도원 신학교엘 들어갔다가 3년 만에 환속을 했고 일반 중학으로 전입했으나 퇴학을 당했으며, 문학을 한답시고 고향의 소위 불령선인들과 어울려 다니며 유치장 신세가 일쑤고 하니 어느새 스물 안짝에 교회에선 이단이요, 가문에선 불효자요, 마을에선 '주의자'가 되었다는 낙인이 찍히고 말았다. 당시 속칭 '주의자'란 말은 사상가라는 뜻보다는 '그 사람 버렸다'는 뜻이 더 농후한 것이었다.

이쯤 되고 보니, 나는 몸둘 곳이 없어 고향을 떠나 노동판 인부 노릇도 하고, 야학당 지도도 하다가 마침내 좀 더 먼 유랑의 길을 떠난 것이 동경으로서, 말하자면 나에게 향해진 사회의 모든 악의의 눈초리에서 벗어나는 것이 그 목적이었다. 이것은 일제 때 역의逆意에 찬 젊은이들의 공통된 방법이었으니 그 지역이 중국이든 북간도든 동경이든 거의 같은 의미를 지녔었다.

이런 내가 동경에 가서 처음 몇 달 동안은 생활비를 얻기 위해 일급日給 노동자로 또는 연필공장 직공으로 하루하루를 보내며 그야말로 망국민亡國民의 설움과 방랑자로서의 고독과 감상을 뼈저리게 맛보았다.

이런 음울한 나날을 보내다가 마침 봄 입학기가 되었는데 나의 유일한 동경의 길잡이인 선배의 권유로 허허실실 시험을 친 것이 니혼日本대학 종교과와 메이지明治 대학 문예과였다. 대학이라지만 정규 학부가 아니요, 전문부專門部라는 곳으로 지금으로 치면 초급대학(전문대학)에 해당하는데 요행히도 두 쪽을 다 패스해서 선택한 것이 종교과였다.

그때부터는 가형과도 타협이 되어 학자學資가 송금됨으로써 경제적으로 비교적 순탄한 생활을 할 수 있었다.

막상 학교 강의엘 나가 보니 교수가 거의 승려 출신들이요, 학생 역시 모두가 나이로 보면 어른들인 서른을 넘긴 현직 승려나 목사 출신들이 대부분이었다. 또 강의도 동경대학 정년퇴직의 종교철학 노교수는 시간 처음부터 끝까지 눈을 딱 감고 앉아서 경문經文 외우듯 줄줄 구술을 했고, 불교학의 도모마츠 엔데이友松圓諦 교수는 맹렬히 불교의 기성 종단 공격에 시간을 쏟고 있었으며, 기독교 강좌에서는 당시 가톨릭이 들으면 질겁할 학설들을 태연히 개진하던 것이 기억된다.

여하간 저러한 강좌들은 당시 열된 생명인 나에게 젊음의 활기를 맛보지 못하고 이승에서 저승을 사는 괴이한 느낌을 주곤 하였지만, 지금 와서 보면 나의 정신의 근원을 다져준 다시없는 시간이었다.

이 시대 나에게 있어 청춘이 가지는 또 하나의 열병인 연애를 치르기에는 나의 정신의 고역이 너무나 폭심하였다. 그렇다기보다 사계절을 검은 중절모에 검은 골덴 양복이나, 무명에 물을 들인 옷을 걸치고 병정 구두를 신은 장장발長長髮의 이 그로테스크한 청년에게 아무리 호기심이 강한 동경 여성들이라도 외면하는 것이 무리가 아니었을 것이다. 이제 추억으로 임해 보아도 저렇듯 나의 대학 생활은 청춘의 찬란한 낭만과는 등진 일종의 정신적 우범자의 오뇌와 고독 속에서 보냈다 하겠다.

나의 기자 시절

북선매일신문사 기자로 출발

내가 함흥시에 있는 북선매일신문사에 들어간 것은 소위 대동아전쟁이 한창인 1942년 봄이었다. 그 일본인 경영의 어용 신문이 이미 향리에서는 불령선인으로 낙인이 찍혀 있는 나를 받아들인 것은 오로지 선친의 덕택이었다. 즉 나의 아버지는 연금이 붙은 은퇴 관리로서 그 신문사의 대주주와 과거 동료로서의 교분이 있었던 터라 그 청탁이 받아들여졌던 것이다.

한편 이때 나의 형편으로 말할 것 같으면 일본 가서 공부는 종교학이란 것을 전공했고 거기다 시인 지망이니 현실적으론 쓸모도 맞출 길 없는 인생인 데다 전시 강제징용이 언제 들이닥칠지 모르는 판세라 그나마 유일의 활로였다.

여하간 처음 입사해서 각 출입처의 견습 기간을 거치고 나에게 맡겨진 것은 시국 행사 전담이었다. 그때 일제는 힘에 겨운 전쟁을 해나가느라고 매일 국민을 들볶다시피 무슨 궐기대회, 장행회壯行會, 무슨 간담회, 협의회 등 행사를 벌였는데 그런 천편일률의 강연·담화·회합 모습을 요령 있게 취급하여 잘 정리해서 기사를 쓴다는 정평이 난 것이다.

물론 그 기사 내용이야 반민족적·반역사적인 것으로 내가 그것을 지금 자랑으로 임하는 것이 아니라 나의 그때의 직능적 장기를 털어놓는 것뿐이다.

나는 그 후 일본 질소회사가 있는 흥남을 전담한 적도 있는데 그때 본궁本宮이라는 사택촌에서 강도·강간 살해 사건이 일어났었다. 즉 어느 간부사원 집에 대낮에 강도가 들어 그 집 부인을 강간한 다음 그녀를 죽이고 도주했던 것이다. 그래서 경찰은 특별수사본부를 설치하고 그 범인 수사에 나섰는데, 그 범인은 어지간히나 애를 먹이다가 마침내 잡혔다.

그래서 이 사건을 추적하던 우리 기자들도 짜증이 나 있던 판이라 나는 그 기사 중 범인의 인상이나 그 죄과를 그야말로 있는 묘사력을 다하여 흉악하게 그려서 넘겼다. 그랬더니 이것을 훑어본 사회부장이 그 원고를 나에게 도로 획 던지면서 하는 말이 "신문기자면 말이다! 범인이 잡히기 전까지는 법의 편이지만 일단 잡히고 나면 죄인의 편에 서야 하는 게야!" 하는 것이었다.

그때 사십 남짓하지만 우리에게는 아주 늙은이로 보였던 이 일인日人 사회부장의 일갈을 나는 기자 생활을 할 때나 그만두고 난 오늘에나 때마다 떠올리곤 한다.

그러한 〈북선매일신문〉 기자 생활은 해방되기 10개월 전, 내가 폐결핵으로 눕게 됨으로써 끝맺게 되었다.

해방 후의 〈부인신보婦人新報〉와 〈연합신문〉

대체로 문화계에선 다 아는 얘기지만 나는 해방 직후 향리 원산에서 동인시집《응향》을 냈다가 그 필화를 입고 1947년 봄 탈출해 월남하였는데, 월남 후 첫 직장이 된 것이 박순천 할머니가 하시는 〈부인신보〉였다.

그 인연을 좀 설명하자면 소설가 최태응崔泰應 형은 나와 해방 전 시세장時世粧의 표현을 빌리면 '펜팔'의 사이로서 내가 월남 후 제일 먼저 찾은 작가였다. 그는 그때 윤보선尹潽善 선생이 사장이고 이헌구李軒求·김광섭金珖燮·김동리金東里·조연현趙演鉉·박용덕朴容德 씨 등 문인들이 모여서 만드는 〈민중일보民衆日報〉의 편집부장으로 있다가 새로 창간되는 〈부인신보〉의 편집국장으로 픽업되었고, 그 덕분에 북한서 갓 넘어온 내가 문화부장으로 일하게 된 것이다.

〈부인신보〉는 그때 이승만 박사 정치노선의 부인단체인 대한독립촉성부인회大韓獨立促成婦人會의 기관지로서 거기서 나는 수많은 우리 여성계의 선구들을 접할 수 있었으며, 모윤숙毛允淑·임옥인林玉仁·전희복田熙福 등 여성 문인들과 함께 일을 하게 되었다.

또한 그때 동인들은 앞서 말한 최태응 형을 비롯해 임원규(林元圭 : 전 시사통신 사장), 임순묵(林淳默 : 전 동아일보 편집국장), 백선기(白善基 : 전 두원산업 사장) 씨 등으로 지금도 자별한 우애를 갖고 있다.

나는 그때 명색은 문화부장이지만 최태응 형이 신병으로 항상 국장석을 비워 놓고 있어 그 대리 행세를 대내외적으로 해야 했다. 특별히 기억되는 것은 이승만 박사가 가끔 민족 진영의 주필 편집인들을 돈암장으로 초치招致했을 때 이종형(李鍾熒 : 〈대동신문〉)·양우정(梁又正 : 〈현대일보〉)·고재욱(高在旭 : 〈동아일보〉)·이헌구(〈민중일보〉) 씨 등 저명한 장년들 틈에 아직도 20대의 내가 끼는 것이 어찌나 거북하고 몸둘 바를 모르겠는데, 이 박사는 "미스터 구, 미스터 구" 하면서 오히려 친근을 표시해 나를 감격하게 하였던 일이 하나요, 또 소위 임정측의 국민회의와 이 박사측의 민족대표자회의의 합동이 부진하자 전기 모임에서 이 박사의 "우리가 법통을 계승하려는 것은 우리가 세웠던 임시정부의 혁명 정신을 계승하려는 것이지 그 어떤 인물이나 그 어떤 기구의 감투를 계승하는 것이 아니다. 그것은 법통이 아니라 밥통의 계승이다"라는 그 지적에 당장은 크게 감복하였었지만 그 후 독립유공자나 애국지사들에 대한 그의 푸대접을 목격하면서 정치의 비정성非情性이 저런 논리 속에 깃들여 있음에 놀랐다.

이러한 〈부인신보〉 생활이 채 일 년도 못 가서 나는 또다시 결핵의 재발로 눕게 되었다. 뒤쫓아 남하한 아내가 사방 주선하여 마산 교통요양소에 자기는 의사로 취직을 하고 나는 환자가 되는 방도를 뚫었다. 마산으로 가서 한 10개월 정양을 하여 소강상태를 얻고 있으니 〈부인신보〉에서 함께 일해 온 임원규 씨에게 연락이 왔다.

대형 4면의 〈연합신문〉

즉 〈현대일보〉에 있던 양우정 씨가 〈연합신문〉을 창간하는데 자기가 편집국장으로 가게 되었으니 몸이 웬만하면 올라와서 사회부장이든 문화부장이든 그 어느 쪽 하나를 맡아 달라는 내용이었다. 그리고 덧붙이기를, 해방 후 처음 타블로이드판에서 대형 4면을 낸다는 것이고 사옥과 시설은 서울공인사를 쓴다는 것이다.

그렇지 않아도 나의 젊음은 온통 세상이 궁금하고 등허리에 좀이 쑤셔 못 견디는 판인데 그런 입맛이 당기는 소식이라 나는 좀 더 완치를 기하자는 아내의 만류에도 불구하고 단신 상경하고 말았다.

전갈대로 그리 순탄치는 않았지만 〈연합신문〉은 곧 대형 4면으로 창간을 보았으며, 나는 문화부장을 맡아 혼신의 정열을 기울였다. 나는 당시 우리 신문의 문화면들이 학계를 전혀 도외시하고 있는 데 반하여 인문·사회·자연과학 각 분야의 새로운 필진과 그 논고들을 대담하게 실었고, 한편 민중문화란이라 하여 주 1회 전면을 독자의 투고만으로 꾸며냈다.

지금 기억나는 것으로도 정욱진丁旭鎭 신부의 〈에라스무스의 인간혁명〉 같은 철학 논고나 박을용朴乙龍 교수의 〈기하학 서설 幾何學序說〉 같은 아주 무명 학도의 수학 논고를 연재하여 잡지를 만들 셈이냐는 비평을 받은 적이 있고, 민중문화란 투고가 중에는 오늘의 굴지의 시인·작가들이 허다하지만 그 이름의 열거는 내가 평소 삼가고 있다.

그때 편집국 동인으로는 정치부에 김성락(金成洛 : 전 유정회 국회

의원), 사회부에 장기봉(張基鳳 : 전 신아일보 사장)·이지웅(李志雄 :
전 동양통신 상무)·김희종(金喜鍾 : 전 시사통신 사장)·편용호(片鎔浩 :
전 국회의원) 등이 떠오르며, 문화부에는 두 사람 다 일찍이 세상
을 떠났지만 임권재(林權載 : 평론가 임긍재 씨 친제)·공중인(孔仲仁 :
시인)이 함께 일했었다.

　그리고 이 시기에 나의 사생활에 있어 특기할 것은 가족이 올
라오기까지 약 1년간 공초 오상순 선생을 모시고 지낸 사실이
다. 물론 공초 선생께서 이미 일정한 기식처를 거부하고 계시던
터라 관수동에 있던 조그만 여관인 나의 하숙방에 매일 밤 머무
신 것은 아니었지만, 대체로 내가 일을 끝마치고 당시 소공동에
있는 플라워 다방이나 명동 대폿집 무궁원에 나가면 먼저 거기
계시거나 잠시 후 표연히 나타나시어 그날 밤을 어디서거나 함
께 지내는 것이 상례였다. 그 선생님이 나에게 주신 훈도薰陶나
그 영향은 이루 헤아릴 바 없지만 본고와는 취의를 달리하기 때
문에 더 이상 언급하지 않는다.

국군과의 관련과 <승리일보> 창간

　저렇듯 화려하게 출발한 연합신문사는 불과 반년이 못 가서
재정적으로 허덕이게 되었고 그래서 지방판을 늘리고 문화면

은 주 3회로 줄였으며, 그것도 고료 지출 원고는 아주 제한을 받아서 우리 부원들이 외지外誌를 베끼거나 청탁 없이 경영진을 통해서 들어오는 사이비 창작들로 메워지는 등 내 스스로가 의욕이 저상沮喪되어 있는 중인데, 1949년 말 나는 육군 정보국의 특청을 받아서 그 제3과(HID)의 촉탁이 되고 말았다. 이는 나의 공산당을 향한 강렬한 적개심 때문이기도 하였지만 당시 대통령 공보관이던 김광섭 선생이 나를 강력히 천거한 데 대한 순종이기도 하였다.

거기에는 지금으로 말하자면 심리전을 수행하는 모략선전반이라는 게 있어 나는 대외적으론 북괴를 폭로하는 북한특보의 발행 책임과 한편 북한으로 비밀히 보내지는 〈봉화烽火〉라는 지하신문의 제작을 맡고 있었다. 이 〈봉화〉라는 것은 자유 남한의 뉴스와 북한 동포에게 보내는 격문 등을 편집하여 4·6 배판으로 사진 축소해서 비밀 루트를 통해 북한에 살포되던 것으로 그 편집부터 조판·인쇄까지 단독으로 엄중한 경계 속에서 진행되었다.

이런 극단적인 반공 임무에 종사하면서 나는 6·25를 맞았고 그래서 군과 함께 후퇴, 남하를 하였던 것이다. 그리고 피난지인 대구에서 자연히 거기 모인 문인들과 군의 매개역이 되었고, 그때부터는 국방부 정훈국으로 옮겨 일하게 되었다. 거기서 내가 한 일은 대적전단對敵傳單과 우리 사병들에게 보내는 국내외 소식과 전투 상황과 전과를 마치 신문의 호외와 같이 만드는 인쇄물의 편집 제작이었다. 이 인쇄물의 제호를 '승리'라고 붙였으며 이것이 수복 후 국방부 기관지였던 〈승리일보〉의 시초였다.

즉, 9·28수복 때 나는 국방부 정훈국 선발대로 그보다 일주일이나 앞선 9월 21일 미군 수송기로 김포에 내렸다. 그리고 우리 일행은 먼저 인천으로 가서 입성 준비를 하였는데, 이때 공산군 치하 90일 동안이나 우리 정부와 자유세계 뉴스에 굶주린 서울 시민들에게 가장 먼저 나누어 줄 선물로 어느 인쇄소를 빌려 밤을 새워 가며 만든 것이 〈승리일보〉였고, 이것을 그대로 일간日刊으로 굳혔던 것이다.

9월 25일 우리 선발대 일행이 폐허의 서울로 진입하면서 연도에 늘어선 시민들에게 〈승리일보〉를 뿌렸을 때 뉴스맨으로서의 그 감격과 감개는 평생 잊을 수 없다. 그 이튿날부터 서울 시민들에게 〈승리일보〉는 수돗물보다도 더 기다려지는 생명수 바로 그것이었다고 하여도 결코 과장이 아니다. 그도 그럴 것이 첫째 승승장구로 북진하는 국군의 동향이나 그 전과戰果, 또 부산이나 대구의 정부 소식, 나아가서는 세계의 뉴스를 이 신문 빼놓고는 어디서도 접할 길이 없었던 것이다.

얼마 후 민간의 중앙지들이 복귀하여 신문을 내보았지만 그 뉴스 소재의 정확 신속한 입수, 기재나 시설의 확보 등에 있어 도저히 경쟁이 되지 않았다.

그래서 민간지 몇몇 간부들이 이승만 대통령에게 "군이 언론을 침해한다"고 등장等狀을 가서 얼마 안 가 시판 금지령이 내렸지만 여하간 1·4후퇴까지 서울은 〈승리일보〉 일색이었던 것이다.

처음 신문 제작은 당시 〈영남일보〉에 종군해 온 조약슬(趙若瑟 : 전 대구경제일보 사장) 씨가 주필이 되고 내가 편집국장이었는데 조씨가 곧 대구로 환향하여 내가 주간이 되고 편집국장에는 정윤조(鄭允朝 : 전 경향신문 편집국장) 씨, 또 편집 동인들로는 한홍렬(韓弘烈 : 전 평화신문 편집국장), 조기호(曹基鎬 : 작고, 전 한국일보 업무국장), 김진영(金振英 : 전 영화진흥공사 사장), 곽하신(郭夏信 : 소설가, 전 조선일보 문화부장), 임삼(林森 : 전 유정회 국회의원) 등이 떠오른다.

나는 이때 얼마나 이 일에 열중했던지 고향 원산에 돌아갈 출장증을 떼놓고 비행편을 마련했다가 취소하고 끝내 못 가서 칠순 노모를 모셔올 그야말로 천재일우의 기회를 놓쳐 종신토록 불효의 한을 품게 되었다.

〈영남일보〉와 〈대구매일〉 시절

　1·4후퇴로 대구에 내려가 〈승리일보〉의 피난 보따리를 편 곳이 바로 〈영남일보〉였다. 즉 〈승리일보〉는 〈영남일보〉의 호의로 그 시설과 사무실을 함께 쓰면서 앞서 말한 이유로 시판은 못 하고 군내 배포용으로 제작했으나 그도 한 해를 넘기지 못하고 정부 방침으로 폐간되고 말았다.

　그런데 그동안 나는 〈영남일보〉 사원들과 어느새 한가족처럼 되고 말았기 때문에 빌려 쓰던 중역실 그 책상 그 자리에서 직접 사원이 되었다. 그야말로 중역들을 비롯한 전 사원의 희망이 다시피 한 요청으로 주필 겸 편집국장이 된 것이다.

　그때 내가 논설과 편집을 맡으면서 두 가지 방침을 세웠는데 첫째는 친군 반독재였다. 한마디로 말해 대공 전쟁은 수행해야 하고 승리해야 하니 군사 문제나 그 보도는 언론으로 적극 협력하고, 한편 이승만 정부가 그 독재성을 노골화한 때니 이에 반대하여 민주주의 수호 투쟁을 벌이기로 하였다.

　나는 신문사가 경영상 너무 적극적 비판을 가할 수 없을 경우에는 서명을 하고 신랄한 비판을 퍼부어댔다. 이래서 〈영남일보〉는 정치적 계엄령이 펴 있는 부산에서 여러 차례 압수를 당하고 수난을 겪었으며 나는 집에까지 모 기관원이 권총을 쏘며 난입

하는 등 곤경을 겪었다.

이때 글들이 출판되자 다시 판매금지를 당했던 것이 나의 사회평론집《민주고발》의 문장들이다. 이때는 속칭 한민당韓民黨 기관지라 불리던 〈동아일보〉도 아직 저렁듯 비판적 자세에 이르지 못한 때로서 〈영남일보〉가 이때 반독재 투쟁의 선진先陣을 갔었다 해도 과언이 아니다.

둘째, 내가 세운 방침은 논설이나 취재를 지방 문제에다 밀착시킨다는 것이었다. 지금도 그렇지만 나는 지방지가 공연히 중앙지의 복사판이 되는 것을 못마땅하게 생각하기 때문에 사설도 주로 지방자치나 그 행정 문제 등을 위주로 썼고, 가두민론조사街頭民論調査 같은 것을 여러 차례 하는 등 자주성을 가지고 대구 시정과 경북 도정에 직접 관여하고 영향력을 주었다.

그때 편집 동인에는 이제는 대구의 퇴역 언론인들인 이정수李禎樹·정대용(鄭大鎔:작고)·김진화金鎭和·배석원裵錫元·이목우(李沐雨:작고)·김기현金基顯·박영돈朴英敦 씨 등이요, 현재 국장급들로 있는 전경화錢慶華·한승우韓承愚 씨 등이 일선에서 일하고 있었다.

여하간 그때 〈영남일보〉는 한국 굴지의 신문으로서 저 6·25 동란서부터 휴전 후 제2차 수복 때까지 대한민국 판도 내에서 가장 발행부수도 많고 그 권위도 평가되었다면 지금 사우 중에도 놀랄 친구가 있을 것이다.

그러나 모든 사람이 다 환도 수복을 하는데 나만 혼자 떨어져 남을 수도 없어 서울대학교에 강좌를 얻어 올라오려는 판인데, 친형이나 다름없는 임화길林和吉 신부가 〈대구매일신문〉을 맡으면서 자기가 신문 업무를 파악할 때까지만이라도 옆에 있어 달라는 것이요, 이것은 당시 교회 당국의 특청이기도 하였다.

이때 〈대구매일〉은 그야말로 내우외환 속에 있었다. 즉 대외적으로는 교회부터가 이승만 정부와 정치적으로 반목 상태에 있었고, 대내적으로는 재정난과 인사 분규로 혼란이 거듭되고 있었다. 내가 상임고문으로 임 사장과 편집국의 신진용을 짰을 때 그 경위는 잊었지만 그때까지 편집국장이던 최석채(崔錫采 : 전 문화방송 회장) 씨를 주필로 임명하고 대구의 원로 기자인 이우백李雨栢 씨를 모셔다가 편집국장으로 앉히게 되었다.

이렇게 해서 주필이 된 최석채 씨가 쓴, 장관 지방 순시에 과도한 환영 비판 사설이 문제가 되어 한국 신문사新聞史에 길이 기억될 대구매일 피습사건이 벌어진 것이다. 즉, 그 사설을 트집 잡아 이 정권의 소위 민의 조작 기관 노릇을 하던 국민회 경북 지부에서는 그 정정과 필자 해임을 요구하면서 만일 이에 불응할 경우에는 실력 행사를 한다는 통고였는데, 최 주필의 의기도 결연하였거니와 임 사장의 결의 또한 의연하여서 이를 일축

했던 것이다.

그래서 결국 백주에 신문사 피습사건이 일어났고 국회조사단이 구성되어 현지조사를 하고 돌아가 여야 의원의 상반된 보고 중에 어느 여당 의원이 "사전 통고를 한 백주白晝의 테러는 테러가 아니요, 그들의 애국심은 훈장감이다"라는 발언을 하여 온 세상에 웃음거리가 되기도 하였다.

이때 전국의 주요 신문과 언론인이 단결하여 주었고 국회도 여與마저 그 체면 때문에 가세해 주었지만, 결국 최 주필은 뒤집어씌운 국가보안법으로 구금이 되어 고생을 했으며 신문사는 인쇄기 등의 파손으로 치명적 피해를 입었고 주범들은 당시 법의 제재도 안 받았고 이를 엄호한 경무관 하나가 겨우 전임되고 만 것이 전부였다. 나는 그 사건 때 경향京鄉을 오르내리면서 국회 증언도 하고 사태 수습의 주역 노력을 한 셈이지만, 결국 민주사회의 본령인 여론정치의 확립이 얼마나 창망한가를 뼈저리게 깨달았다고나 하겠다.

5·16 후 <경향신문>과의 관련 전후

실제 〈대구매일〉의 참여부터는 논설에 손을 놓았던 건 아니지만 기자라기보다 교회의 위촉을 받고 그 경영에 참획했던

게 된다. 5·16 후 〈경향신문〉 논설위원이 된 것도 사장 윤형중
尹亨重 신부와 부사장 신태민申泰旼 형의 운영상담역쯤으로 있
다가 그분들이 바뀌고 생소한 사장이 임명됨으로써 나는 동경
지국을 맡고 나갔고, 6개월도 못 되어 교회에 다시 불려 들
어와 재단에서 사장으로 임명 발령을 받았으나 그 사무 인계를
못하고 마침내 경향의 경영체가 교회에서 떠나 버리고 말았다.
이러한 경위는 이 자리에서 밝힐 바는 아니요, 나로서는 아직
도 거기 관련 인사들의 성예聲譽가 훼손될 우려가 있어 스스로
삼가고 있다.

　현재도 명색 〈가톨릭시보〉의 논설위원으로 있고 때마다 일간
지 칼럼란에 사회시평을 끄적이고 있으니 아주 퇴역으로 자처
하기가 오히려 쑥스럽다. 그러나 나의 경우는 그렇게 따지기보
다는 "시인은 문화의 본령적 의미에서 저널리스트다"라는 말대
로 나라는 하찮은 시인이지만 기자가 되어 한 시대를 가장 전체
적으로 목격하고 체험하고 이를 증언해 왔다는 사실을 다행으
로 여기는 것이다.

고마운지고 반려인생

나는 친지들로부터 흔히 "진작 죽을 사람이 부인의 덕으로"라든가, "저 사람 부인이 여의사거든요, 그래서 저렇듯 태평이죠"라는 등의 처복妻福이 있다는 찬사랄까, 어쩌면 여편네에 기대서 사는 자에 대한 조롱이랄까를 듣는다.

　이즈막 5, 6년간은 뜸하지만 그전에 한두 해에 한 번씩은 각혈을 했느니, 죽어가느니, 병원에 입원을 했느니 하여 통소문을 놓고 주변을 걱정시키다가는 몇 달 만에 툭툭 털고 일어나서는 또다시 무리한 생활을 반복하곤 하였다. 이러한 나의 폐결핵이란 고질의 재발이 크게 인상되어 있음이 그 하나요, 둘째 한국의 문사로서는 비교적 군소리 없이 생활을 지탱하고 있기 때문이리라. 물론 이 두 가지 다 어느 정도 아내의 직업이나 그 공덕에서 옴이 사실이라 부인하지는 않는다.

내가 처음 발병하기는 스물네 살 때였다. 당시 나는 함흥 〈북선매일신문〉 기자로 있었다. 그때의 폐결핵 진단이란 사형 선고나 매일반이어서 당사자에게나 가족이나 주위에게 절망을 불러일으키는 병이었다. 공교롭게도 아내와 나의 약혼이 설왕 설래되고 있던 것도 그때였다. 아내는 내 형님이 주임신부인 흥남 천주교회 경영의 대건의원에 의사로 근무하고 있어 교회 유지들이 중매 역할을 하였다.

그러나 이제 결혼이고 뭐고 할 그런 단계가 아니었다. 나는 한약재 보약 몇 재를 싸가지고 평원선의 고지인 마식령 너머, 이 역시 고개를 넘다가 말이 굴렀다는 지명인, 마전리라는 촌락 에 있는 교회 소속 산장으로 전지요양을 떠났다. 굴레 벗은 말 처럼 자유로이 뛰어다니는 것을 직업으로 삼던 내가 가만히 숨 쉬는 송장이 되어 소위 절대 안정이란 당시 유일의 자연요법을 취하자니 몸과 마음이 그야말로 불안정스러울 수밖에 없었다. 미열은 짓궂게도 계속되고 심산의 적막은 나에게 죽음의 고독 을 더욱 엄습하게 하는 것 같았다.

아마 이런 저상된 심정에서 나는 아내에게 모든 것을 절연한 다는 통고문을 낸 것 같다. 그러고는 그해 8월 15일 성모승천 축일聖母昇天祝日을 지낸다는 명목으로 덕원 집으로 돌아왔다. 집엘 닿으니 어머니가 황망히 나서며 "그 여의사를 못 만났느냐"는 물음이시다. 이야기를 들어 보니 어제 나를 찾아간다고 흥남에서 와서 노순路順을 묻길래 여자 혼자는 못 간다고 말했는데도 굳이 떠났는데, 어찌 못 만났느냐는 것이며, 행방불명이 되었으니 이를 어쩌느냐는 걱정이셨다. 나는 사뭇 당황할 수밖에 없는 것이 마전리 산장엘 가려면 트럭편뿐인데 이것도 부정기요, 80리 마식령 고갯길은 그야말로 남자도 아찔아찔하는 가파른 영嶺이라 어저께 닿지도 않았으니 이건 사고를 낸 게 틀림없기 때문이다. 허둥지둥 인편을 사서 떠나 보내려는 참인데 그 여인(아내)이 기진맥진하여 들어섰다. 그때의 반가움과 감격 이야말로 결정적인 것이어서 이것이 요새같이 뜨거운 '러브신'도 없는 우리에게 평생을 무언으로 기약하는 순간이 되었다.

이제는 너무 오랜 일이라 잊었지만 아내는 내 자포적인 글발을 받고 가만히 있을 수가 없어 찾아나섰는데 트럭이 고갯길에선가 고장이 나, 동승객들과 어느 두멧집에서 합숙을 하고 40여 리나 걸어서 산장엘 갔더니 집으로 떠났다고 하여 그 길로 되돌아섰다는 자초지종이었다.

그 당시의 기색할 사회 공기 속에서 그다지 생명에 대한 집착이 강렬치 못한 나는 '이러다가 죽어도 무방하다'는 퇴영적인 배포마저 간직하고 있었는데, 이 일이 있은 후부터는 나아야 되겠다는 의욕과 나아야 한다는 사랑의 의무감이랄까가 우러나서 투병 태세를 갖추기에 이르렀다.

실상 폐병을 앓았다든가, 긴 병에 시달린 사람만이 아는 것이지만 하루 이틀도 아니고 5, 6개월 또는 1, 2년씩 누워 있으려면 고무줄 신경이 되어야 하고 숨쉬는 시체가 되어야 한다. 그렇지 않고서 그 예민해진 감성에 사로잡혔다간 스스로가 볶여서 못 견딘다. 가령 위문객이 와서 "얼굴이 좀 나아졌는데" 하면 병세는 하나도 호전이 안 되었는데 남의 속도 몰라주거니 하고 야속한 마음이 들거나, 저런 빈말은 건강한 사람들의 상투어지─하는 고까운 마음을 먹기도 하고, "어허, 이것 더 그릇됐는데" 하고 걱정을 해주면 '옳지, 이젠 아주 나를 송장 취급하는구나. 나는 살기 틀렸다는 말이지' 하고 노여움을 품기가 일쑤다.

이런 데서 아마 예로부터 "장병에 효자 없다"든가, "오래 누웠더니 마음이 변했다" 등의 말이 있나 보다. 이래서 나는 절대 안정을 하는 것을 와선臥禪이라고 불렀다. 시방도 우리 집에서는 내가 눕거나 낮잠 자는 것도 와선한다고 별칭한다. 하여튼 결핵을 곱게 이기려면 '죽은 듯이 사는 공부'를 해야 하며, 또 이기고 나면 어지간한 역경에도 눈 뒤집히지 않는 자기 체념 같은 것을 체득하게 된다.

두 번째 발병은 1948년 월남 후 1년 만이었다. 이때야말로 나의 이제까지의 생애에서 병과 가난에 제일 몰린 시절이었다. 그때 얻어 걸렸던 직장은 한민당 3층(현 동아일보사)에 있는 중앙통신사 취재부장이라는 것이었는데, 열되고 천방지축이었던 나는 월급을 지하실 식당 술값으로 바치곤 하였다. 이러는 중에 덜컥 폐병이 재발했다. 우선 여의전(현 고려대 부속 우석병원) 병원에 입원은 하였으나 치료비, 입원비 등 앞길이 막연하였다. 이런 경제적인 암담은 오히려 병세를 악화시킬 뿐이었다.

　여기서 아내는 한 방법을 염출해 냈으니 그것이 곧 마산 교통요양원에의 취직이었다. 말하자면 자기는 의사로 가고 나는 환자로 입원을 시키는 계획인데, 순조롭진 않았지만 사면팔방으로 달려다니던 아내는 이를 마침내 성취하였다. 이때 잊지 못할 일은 진주에 사는 시인 설창수薛昌洙 형으로부터의 우애다. 입원비 등에 몰려 누워서도 가시방석에 올라앉은 것 같은 어떤 날, 진주에서 인편 하나가 왔는데 내놓는 것을 보니 설 형의 편지와 상당 액수의 위문금과 두루마리에 정성스럽게 쓴 모금 취지문과 그 각출자 명단이었다. 도대체 설창수 형, 당자 자체를 청년문학가협회 결성식에서 한 번 만나 수修인사 한 정도인데 돈은 웬 돈이며 위문자 명단은 웬일인가.

　그 발기문에는 "해당화 피는 원산에서 공산당들에게 시를 쓴 죄로 결정서와 박해를 받고(시집《응향》필화사건) 월남 탈출하여 사고무친한 자유 남한에서 해당화 같은 피를 쏟으며 고독하게 쓰러진 시인 구상을 구출하자"는 황송한 내용이었고, 갹출자들은 진주의 민족진영 각계의 지도층과 문화인들이었다.

나는 이 상상치도 예기치도 못한 우정의 선물을 접하고서 처음으로 동지애라는 것을 맛보고 마음 깊이 울었다. 이것을 인연으로 하여 설창수 형과 나는 결의형제가 되었으며, 진주를 나의 제2의 고향으로 삼고 개천예술제에 매년 드나드는 것만 해도 어언 열두 번이나 된다.

마산의 요양 생활은 얼마 동안 나에게 정양과 회복을 갖다 주었다. 아내는 나의 자격지심이나 성벽에 신경을 써서 병원이 아니라 사택에 누이고 될 수 있는 대로 자유롭게 치료하도록 하였다. 그러나 나의 병상에서의 비뚤어진 생각은 '당신 덕에 산다'는 반감을 키워만 갔다.

이러다가 그 어느 날 저녁 식탁이었나 보다. 내가 반찬 투정을 하다가 어떤 음식은 영양이 있고 어떤 것은 없다고 짧은 지식을 털어놓았는데 아내가 가만히 있었으면 좋았을 것을 - 아니, 아무래도 발작은 터질 것이었지만 - 이 말을 반박 비슷한 어조로 대꾸한 것이 폭발의 계기가 되었다.

이유는 간단하다.

"말대꾸하는 여편네와는 살 수 없으며 내가 나가 거꾸러지는 한이 있더라도 이 시간부터 안 본다"는 선언을 했다. 말뿐만 아니라 나는 그날 밤 밤차를 타고 서울로 달린 것이다. 그때나 지금이나 한번 성미가 나면 집안에선 이를 꺾을 엄두를 못 내었고 나 역시 꺾이지 않는 행투였다. 서울에 와서 의지할 곳이라야 영등포에서 미국 상사 회사 창고수로 있는 외가 조카였다. 이로부터 8개월 동안 아내의 온갖 사죄 복걸을 다 들으면서, 또 경성의전 병원에 입원마저 하면서도 화해를 하지 않고 온갖 자작지고초自作之苦楚를 겪었다. 이것이 나와 아내의 지금까지 단 한 번의 불목으로, 아내는 그 후 더욱이나 나를 안 건드리는 게 수라고 여기게 되었고 나는 한술 더 독선적인 태도로 가정에 임하게 되었다고나 할까.

지금 돌이켜보면 만담 같으나, 그때는 할 수 없이(?) 그러지 않고서는 나의 병든 젊음을 감당해 내지 못했었다. 그즈막에 아주 폐병이란 부제를 붙이고 쓴 시 중 〈꽃과 주사약〉 한 편을 보면,

"화자花子가 그러는데 지가 가꾸던 꽃이 시드는 것이 하도 안타까워 얼김에 손에 쥐었던 캄풀 한 대를 깨뜨려 부었더니 며칠은 도로 싱싱해지더래요."
나의 팔에 칼숨을 놓던 아내는 웃으며 이런 이야기를 하였다. 나도 그 당장은 하 신기하길래 따라 웃었다.

그 이튿날부터 나는 주사를 놓으려는 아내에게

─ 사들던 꽃도 주사 바람에 싱싱해지더라는데

하면서 팔을 쑥 내미는 것이었다.

 그러나 주사가 끝나면 아내 몰래 나는

─ 며칠만 더 가더라는데

중얼거리며 쓰디쓴 웃음을 풍기는 것이다.

 화자는 아내가 일하는 병원의 간호사. 나는 화자가 꽃에 칼슘
을 뿌려 보지 않고 캄풀을 부었음에 대한 또한 남모르는 안타까
움이 있다.

 만사가 이런 식이었다. 이렇듯 델리케이트한 문학인의 감성
과 심술을 쏟아놓으니 이걸 당하고 받자하는 입장에 있는 아내
는 기가 막힐 수밖에 없다. 언젠가 지나가는 말로 "당신같이 유
별난 환자는 세상에 또다시 없을 거예요" 하였는데, 그야말로
남편이라고 미리 달갑게 여기기로 하고 다루니 망정이지 이걸
남이라고 친다면 내가 생각해도 이런 고약하고 제멋대로의 환
자에겐 일찌감치 간호를 단념했을 것이다.

 그 후로도 동란 이후 대구 피난처에서 각혈을 하고 두 번이나
병원 신세를 졌다. 그때마다 아내는 직업을 갖기도 하고 개업도
하였는데 마침내는 나의 정양처를 구하여 개업한다는 것이 현
재 시골집 왜관이 되었다. 그래서 현재도 왜관 집에는 살림집과

병원에는 따로 병실이랄까, 서재랄까, 사랑이랄까, 아주 방 두 칸의 독채를 지어놓고 관수재觀水齋라고 이름 붙이고 있다. 이것은 아내가 언제나 마음 놓이지 않는 나를 위해 지은 정양소로서 나는 이를 증축하여 예술가 정양소를 지어 볼 꿈을 갖고 있다.

이제 내 생활을 돌아보면 나답게는 일(?)도 많이 했지만 놀기도 많이 했고 병도 자주 났다. 어찌 보면 불운과 실패와 좌절의 연속이라고도 할 나의 열된 생명의 기복을 아내의 한결같은 헌신적 부조가 아니었던들 어찌 지탱했을까 하는 아찔한 생각도 들며, '고마운지고 나의 반려여' 하는 기특한 생각도 한다. 이것이 아마 중년이 된 것이며 철이 든 건지도 모른다.

어쨌든 이제는 감옥이니 병원이니 하여 아내에게 가슴 아픈 변은 안 보여야지 하는 다짐을 갖고 있다. 이제 우리 부부를 비유해 쓴 나의 시를 한 편 적어 본다.

나 여기 서 있노라.
나를 바라고 틀림없이
거기 서 있는
너를 우러러
나 또한 여기 서 있노라.

이제사 달가운 꿈자리거녕

입맞춤도 간지러움도 모르는
이렇듯 녀녀한 사랑의 터전 속에다
크낙한 순명順命의 뿌리를 박고서
나 너와 마주 서 있노라.

일월日月은 우리의 연륜을 묵혀 가고
철따라 잎새마다 꿈을 익혔다
뿌리건만

오직 너와 나와의
열매를 맺고서
종신終身토록 이렇게
마주 서 있노라.

- <은행銀杏>

8·15의 추억 몇 가지

어느 중국 사내와 일본 아낙네

내가 해방을 맞은 것은 27세 때였다. 나는 1941년 일본서 학업을 마치고 돌아와서 함흥에 있는 〈북선매일신문〉에 기자로 일하고 있었는데 바로 해방 전에 폐결핵을 앓게 되어 고향인 덕원에서 휴양을 하다가 8·15를 맞게 된다.

그때의 감격이야 나라고 유다를 게 없지만 그 속에서도 가장 잊혀지지 않는 추억이라면 첫째 어느 중국 사내와 일본 아낙네의 모습이다. 즉 나는 8월 16일 원산에 나가 8·15 전 소위 일제 요시찰 인물들의 집합소이던 대화숙大和塾 동지들과 함께 트럭을 타고 태극기를 흔들며 온 시가지를 누볐는데, 그때 남북쪽 들판에서 목도한 것이 그 하나는 거미처럼 여위고 찌든 중국

사내가 제 나라 승전 소식도 못 들은 듯 채마밭에다 인분을 퍼다 거름을 주고 있는 광경이요, 또 하나는 꽃무늬의 화사한 몸뻬(일본 여인의 재래식 작업복)를 걸친 일본 아낙네가 제 나라 패망 소식도 모르는 듯 묘포밭에서 호미로 김을 매고 있는 풍경이었다.

중국인으로 말하면 10년 항쟁에서 승리자가 된 터수요, 일본인으로 말하면 이제 앞날이 캄캄한 패전국민인데 그들은 그 흥분의 도가니와 절망의 수렁 속에서도 자기를 잃지 않고 오늘에다 자신을 충실하게 바치고 있는 것이었다.

나는 이 광경을 목도하고 아직도 해방의 정체가 무엇인지도 모르면서 온통 흥분에 들떠 있는 우리 국민과 자신의 몰골이 부끄럽기도 하고 한편 섬뜩한 느낌이 들었다. 왜냐하면 저렇듯 강인한 자기집착과 냉정한 이성을 지닌 국민과 그 국가들을 영원한 이웃으로 우리는 삼아야 하고 또 삼고 있다는 사실이 불안감을 불러일으켰던 것이다. 그리고 나의 저러한 충격적 추억은 해가 갈수록 확대되어 가는데, 이것은 우리 국민성의 조급함이나 감정 편중이 저들의 국민성과 대비되어 나타나고 있고 그 장래가 우려되기 때문이다.

사실상 오늘날 그 이념이야 어쨌든 중국의 통일과 발흥, 일본의 저 부흥을 바라볼 때마다 나는 그때 그 산동성 호인胡人과 그 일본 여인네의 모습이 복합적으로 떠올라 지워지질 않는다.

공산주의자들의 선수先手

다 아다시피 일본이 항복하기 일주일 전인가 소련이 개입해서 만주에 이미 진입해 있던 터라 공산주의자들의 북한에서의 활동은 해방 직후 곧바로 재빨리 시작되었다.

내가 16일 원산에 나가 제일 처음 만난 사람은 당시 사립 광명소학교의 교사로 있던 이 모(곧 원산보안사 부서장이 됨)라는 친구였는데, 그는 나를 보더니 "구 동무! 잘 만났소. 동무, 이제 곧 노동조합 창립 모임이 있으니 나와 함께 같이 갑시다"라고 말했다. 나는 그가 전부터 맑시스트라는 것을 모르지 않았지만 그도 내가 가톨릭이기 때문에 공산주의를 '터부'로 여기고 있는 것을 알고 있으련만 그는 그렇듯 나에게 선수를 치고 나서는 게 아닌가. 그래서 이제까지 서로 선생 호칭을 하고 깍듯이 존대를 하던 사이였는데 '구 동무' 어쩌고 하는 게 귀에 거슬렸으나 내색할 수도 없어 우물쭈물 인사만 하고 나는 앞서 말한 대화숙 동지들이 모인 진성여자학원으로 갔었다.

그런데 그 이튿날 노동조합에서 해방 축하 기념 강연을 원산 상업학교 마당에서 갖는데 나를 연사의 한 사람으로 지명해 왔다. 여러 동지들과 의논한 결과 그 주최야 누가 하든 참가하는 게 좋겠다는 의견이어서 몇 사람과 함께 일단 그 강연장에 나갔다.

먼저 전 모(곧 원산시 인민위원장이 됨)라는 저명한 공산주의자가 등단을 하여 강연을 하는데, 소련과 공산당 찬미로 시작하여 "신생 조선은 노동자 농민을 위한 프롤레타리아 정권을 세워야 한다"는 요지였다.

다음에도 송 모(곧 강원북도 인민위원회 교육부장이 됨)라는 자기네 연사를 내세웠는데, 그도 똑같이 소련의 10월 혁명만 찬양하길래 나와 나의 일행은 듣다 못해 일제히 퇴장을 하고 말았다. 그리고 진성여자학원으로 도로 돌아와서 준비를 서둘러 19일 원산 해성소학교 마당에서 독립투사 강기덕, 문무술 선생을 비롯한 민족진영의 인사들끼리 축하 강연회를 가졌다.

저렇듯 공산주의자들은 8·15 직후부터 언제나 매사에 선수를 쳤고, 소련군이 진주하던 20일께도 원산 출신 공산주의자들의 거물 이주하가 서울서 내려와 그 환영 행사를 자기네 중심으로 치르고 말았다.

소련 진주군의 행패

해방의 사자 소련 진주군의 그 무지와 횡포에 대해서는 당시 월남한 3백만 피난민들의 산 경험을 통해서 널리 알려졌던 바지만, 오늘날 새로운 세대들에게는 세계 최대 강국의 하나인 소련의 그 군대가 그토록 야만적이라고는 도저히 상상이 안 갈 것이다.

말인즉 일본군 중에서도 이름을 떨치던 만주의 관동군과 일전을 각오하고 그 선봉으로 죄수들로 편성된 부대를 파견했었다지만, 여하간 그 행패나 노략질엔 경악을 넘어서 고소를 금치 못할 지경이었다. 내가 실제 체험한 바로도 그들이 진주한 그 이튿날 원산의 일본인 시가市街인 나까마찌도리仲町通를 지나가고 있는데, 로스케 병정 몇이 총을 들이대며 '야폰스키(일본인) 마담'을 찾아내라는 위협이었다. 그래서 뒤따르라고 손짓하고는 치안위원회가 설치된 미나까이三中井 백화점 앞까지 와서는 소리를 지르면서 안으로 뛰어들어가 겨우 곤경을 면했다.

그들은 그야말로 눈이 벌개서 '야폰스키 마담'을 찾아 헤매서 강간·윤간·살해 등 야수와 같은 만행을 했고, 시계나 트랜지스터 라디오와 같은 현대적 생활용품들은 보기만 하면 '다와이(내라)' 해서 시계는 양팔에 두세 개씩 차고 다녔다. 그리고 '헬레바리'라는 아이 베개만큼씩한 빵을 들고 다니며 아무데서나 먹고 아무데서나 굴러 자며 그 잔인과 포악성을 여지없이 발휘했는데, 그들의 이러한 행실을 여실하게 나타낸 일화로는 다음과 같은 것이 있다.

즉, "소련 병정들이 지엠씨를 몰고 국도를 달리다가 어느 부락 앞에서 길을 건너던 어린애를 치여 죽인다. 그러나 그들은 재수없다는 듯 쌍욕을 뱉고는 도로 휘파람과 노래를 부르며 그대로 지나가는데, 이번엔 다른 부락 앞을 지나다가 행길에 잘못 나와 꿀꿀대던 도야지 새끼 무리를 치고는 차를 정지시키고 한 병정이 내려와 그 피투성이가 된 새끼들을 주워서 싣고 떠나더라"는 얘기다. 정말 유물적 본능에서만 사는 짐승 같은 인간의 표본을 보는 느낌이랄까!

이렇듯 유물사관과 그 공산주의는 인간성을 동물적 상태로만 몰아간다고 하겠다.

낙동강변 나의 시골집

제목만 보면 영감쟁이가 무슨 별장을 가졌나 하고 의아해할 사람들이 있겠지만 나에게는 대구의 인접 고을인 칠곡군 왜관읍 낙동강변에 한 20여 년을 살던 시골집이 있고, 실은 나의 본적지(월남민)도 바로 그곳이다.

그 사연은 장황하다면 장황하지만 줄여서 쓰면 내가 동란 시절 대구로 피난하여 휴전 때까지는 국방부 기관지 〈승리일보〉를 주재하다가 〈영남일보〉 주필 겸 편집국장으로 잔류하게 되었는데, 나의 고질인 폐결핵이 재발하여 입원 치료를 하는 등 건강이 부실하여 도저히 도시 생활이 부적합하게 되었다.

그런데 때마침 앞에서도 밝힌 바 있는 함경도 원산 교외 덕원에 있던 독일계 베네딕도 수도원의 수도자들이 감금되어 있다가 휴전 후 국제적십자사의 노력으로 북한 감옥에서 풀려나 본국으로 돌아갔는데, 그 생환자 중 몇몇 분이 곧바로 우리나라로 와서 천주교 대구교구 소속지인 왜관에다 수도원을 설립하게 되었다. 그래서 나와 아내는 친정 같은 수도원 이웃으로 이사하기로 결정하고, 당시 7만 원이라는 금액으로 초가집 한 채가 있는 5백 평의 땅을 매수하게 된 것이다.

그리고 수도원 건축 책임자인 명용인 수사님의 지휘 감독으로 아내가 일할 의원 한 채를 짓고, 소위 나의 사랑채를 지었는데, 그것이 바로 고故 파성巴城 설창수 시인께서 '관수재'라는 당호를 지어 주고, 진주의 명 서가 은초隱樵 정명수(鄭命壽 : 진주 촉석루 현판을 쓰신 분임) 선생께서 '관수세심觀水洗心'이란 제의 題意를 써보내 주셨다.

이리하여 그곳으로 이주하여 신문사나 대학(효성여대와 청구대학) 강의 등을 거기서 출퇴근했으며, 그 후 나는 일본과 하와이 등을 전전할 때도 아내는 1974년까지 그곳에 머물렀으므로 20여 년을 그곳에 산 것이 된다.

그래서 나의 연작시 〈밭 일기〉 1백 편이나 〈그리스도 폴의 강〉 60여 편 등도, 물론 어릴 적의 함경도 시골에서 산 체험도 있지만, 칠곡의 수도원 농장들과 그때는 바로 집 앞이 나루터인 낙동강변에서의 삶이 바로 시의 소재나 제재가 되었다.

아지랑이가 아물거리는 강에
백금의 빛이 녹아 흐른다.
나룻배가 소년이 탄 소를
싣고 온다.

건너 모래톱에
말뚝만이
홀로 섰다.

낚싯대 끝에
잠자리가 조은다.

멀리 철교 위에서
화통차火筒車가
목쉰 소리를 낸다.

풀숲에 갓오른
청개구리가
물끄러미 바라본다.

- <그리스도 폴의 강·7>

산과 마을과 들이
푸르른 비늘로 뒤덮여

눈부신데

광목처럼 희비 깔린 농로農路 위에
도시에선 약 광고에서나 보는
그런 건장한 사내들이
벌써 새벽 논물을 대고
돌아온다.

*

이쁜이가 점심 함지를
이고 나서면
삽사리도 뒤따른다.

사내들은 막걸리 한 사발과
밥 한 그릇과
단잠 한숨에
거뜬해져서 논밭에 들면
해오리 한 쌍이
끼익 소리를 내며
하늘로 난다.

*

저녁 어스름 속에
소를 몰아
지게 지고 돌아온다.

굴뚝 연기와
사립문이 정답다.

태고로부터
산과 마을과 들이
제자리에 있듯이

나라의 진저리나는
북새통에도
이 원경原景에만은
안정이 있다.

- <밭 일기 · 23>

위와 같은 시들이 바로 낙동강변 삶의 실경과 실사들이다.

그리고 이중섭도 왜관 이주 초기 그의 만년을 우리 집에 와서
함께 살면서 낮에는 도시락을 싸가지고 산과 들과 강을 돌면서

왜관 풍경 3점과 또 이미 널리 알려진 〈K시인의 가족〉, 즉 우리 가족과 자신을 함께 그린 그림을 남겼다.

그 외에도 왜관의 나의 서재 관수재를 찾아오고 들러준 문인을 비롯한 국내외 친지들은 한량없이 많다.

한편 나의 과분한 복이랄까 신비하기까지 한 기이한 사실은 2000년, 칠곡군이 바로 그 집터와 집을 나에게서 사들여 소위 '구상문학관'을 세우기로 하고 건축가 김석철 씨의 설계로 군 예산 및 국고보조비 등 20여억 원을 마련하여 건축 중에 있다는 것이다.

내가 그 문학관을 위해서 한 것은 오직 도서 2만 5천여 권과 기타 소장품 기백 점을 보냈을 뿐 서울의 친지 한 사람도 발기인 등으로 내세운 바 없다.

무등병無等兵 복무

나는 일찍 우리 국군과 관련을 맺게 되었다. 1949년 초 당시 나는 〈연합신문〉의 문화부장으로 일하고 있었는데 육군정보국이 '문총'에다 심리전 요원을 특청해 와서 최태응, 조영암, 나 이렇게 세 월남 작가가 천거되었다. 그런데 두 분은 비상임으로 일하게 되고 나는 아주 전속이 되었다.

육군정보국 제3과(즉 HID)에는 그 이름부터 아주 노골적인 모략선전실이라는 게 있었는데, 나는 거기서 북괴의 진상을 폭로하는 〈북한특보〉의 편집책임을 지고 있었고 한편 북한으로 비밀히 보내지는 지하신문 〈봉화〉의 제작을 맡고 있었다.

그때 어느 하루 저녁은 그 최종 편집을 집(아내가 근무하던 삼각지 상명여고 사택)에서 하고 있는데 밖에서 하도 요란해 나가 보았더니 대위 계급장을 단, 술 취한 군인들이 민보民保 단원(요새

방범대원)과 시비가 붙어서 거기 모인 동민 아무에게나 행패를 부리는 참이었다. 그래서 이를 만류해 보려 나섰던 것이 그만 횡액이었다.

"이 자식, 너는 무엇이냐"고 트집을 잡혀 옮겨 잡은 그들은 나의 신분 조사와 가택수사를 한다고 집까지 따라오게 되었는데 그들에게 내 방 책상 위에 널린 북괴의 신문·잡지 선전물 자료가 눈에 띄었던 것이다.

다짜고짜 오열(五列 : 간첩)을 잡았다고 의기충천(?)해하면서 폭취한 그들은 나의 해명을 들으려고도 않고 아무 노끈으로나 포승을 짓더니 자기들 지프에 태워 용산 헌병대 영창에 처넣어 버렸다. 그 이튿날 정보국장 이용문 대령의 위로와 그들의 진사陳謝를 받고 나온 것은 물론이었지만, 그 후 그 모주 병정 중 한 분은 육군 소장까지 승진하였으며 나와는 아주 친한 사이가 되었다.

또 저때 나는 제2과(즉 CIC) 일도 거들었는데 거기 내정대장內情隊長으로 있던 이영근 씨와 향우鄕友 이주효 대위의 요청으로 북괴 방송 청취록을 분석, 판단하는 임무를 맡았었다. 그래서 나는 북괴의 무력도발 조짐을 실지로 접하고 이를 계속 문서로 보고했을 뿐 아니라 6·25 약 1주일 전쯤인가는 "이것은 남한에 대한 선전포고다"라고 분명히 써서 상신한 적도 있다. 이러한 보고가 위로 올라갈수록 묵살된 것은 세상이 다 아는 바지만 그래서 그때 정보국의 북한 관계 담당 요원들은 불안과 초조, 심지어는 자포적 감정에까지 빠져 있었다.

6월 24일 저녁도 나는 밤늦게까지 일하다가 이범수(함께 일하던 북한 문제 전문가) 씨와 이영근·이주효 씨 등과 함께 명동에 있던 M이라는 술집에서 바로 저런 북괴에 대한 무방비 상태를 놓고 비분강개를 하다가 일제히 그대로 곯아떨어지고 말았다. 이렇게 되어 우리는 부끄럽게도 육군 고위층과는 또 다른 사유에서 6·25를 술집에서 맞았다.

이렇게 6·25를 맞은 나는 군과 함께 26일 밤 한강 인도교가 파괴되기 직전에 서울을 빠져나가 수원농업학교엔가 당도하였다. 거기에는 국방부를 비롯해 각 부대들이 집결하고 있었는데, 너나 할 것 없이 하룻밤 사이에 영화에서 보는 패잔병 모습이 되어 있었다.

나는 거기서 국방장관의 포고문 제1호를 작성했는데, 그 내용은 '국민은 동요 말고 유언비어를 삼가며 국군의 반격을 기다리라'는 요지로서 내가 격식을 알았을 리 없고 이 초안을 정훈국장이시던 이선근(당시 대령) 선생이 추고하여 신성모 장관의 명의로 내붙였다고 기억된다.

곧이어 정훈국으로 옮겨 일하게 된 나는 서울 수복 후 국방부 기관지가 된 〈승리일보〉의 발간을 동란 내내 주재하였다.

그리고는 1·4후퇴 후 다시 내려간 대구에서 〈승리일보〉의 피난 보따리를 편 곳이 영남일보사였다. 나는 거기서 고문으로 모시고 있는 고 마해송 선생과 함께 신문 제작을 하는 한편, 공군 문인단과 육군 종군작가단의 산파역이 되었다. 이때 정훈국장으로는 앞서도 말했듯이 이선근 선생이 계셨고, 육군 정훈감에는 박영준 대령, 공군 정훈감에는 김기완 소령 등으로 그분들이 직접 문필을 잡아 오거나 또 이해가 깊은 분들이요, 작가들과 함께 일을 하는 정훈장교들 전원이 대학 출신으로 구성되어 있어 이렇다 할 트러블이 없었을 뿐 아니라 그야말로 전우애가 싹터서 오늘날까지도 동기간 같은 우애를 지속해 온다.

여기서 지면 관계로 이름을 밝히지 못하지만 우리 종군작가들은 수시 일선에 종군하여 국군의 용전勇戰하는 모습을 후방에 글로 강연으로 전하는 한편, 그 피난 북새통에서도 '문학의 밤'을 월례 행사로 가져 전시 생활 속에서 거칠어져 가는 민심의 순화를 꾀했으며, 문인극文人劇을 세 번이나 가짐으로써 반공 전쟁의 의의와 후방 국민의 자세를 확립시키는 데 응분의 노력을 하였다고 지금도 자부한다.

또한 오늘날 우리 전쟁문학의 자산으로 남아 있는 작품들 중 많은 수효가 그 종군작가들 손에서 이루어졌다.

내가 무등병으로 종군하면서 보았거나 얻어 들은 군사 비화나 군인들의 일화는 꽤 많다. 그중 여기서는 5·26 제1차 정치파동 때 이승만 대통령이 고 원용덕 장군을 시켜 병력을 불법으로 정쟁政爭에 투입시켰을 때 육군본부 참모진의 동태 하나만을 내가 아는 대로 적어 볼까 한다.

그때 육군참모총장은 이종찬 소장이었고, 참모로는 양국진, 김용배, 김종평(종면으로 개명), 고 이용문, 백선진, 고 심언봉, 이호, 손성겸, 정래혁 등 제 장군(개중에는 당시 대령도 있었음)이었다고 기억되는데 부산에서 앞서 말한 대로 군인을 동원하여, 등원하는 국회의원들을 강제로 납치하는 사태가 벌어지자 육군본부에서는 곧 참모회의를 열어 그 불법성에 반대하기로 결의하고 육군참모총장의 명의로 〈육군 장병에게 고함〉이라는 훈령을 작성하여 27일 각 부대 지휘관에게 시달하였는데 그 내용인즉,

> ……현하現下와 같은 정치 변동기에 승乘하여 군軍의 본질과 군인의 본분을 망각하고 정사政事에 관여하여 경거망동하는 자가 있다면 건군 역사상 불식할 수 없는 일대 오점을 남기게 됨은 물론 누란累卵의 위기에 있는 국가의 운명을 일조一朝에 멸망의 심연에 빠지게 하여 한을 천추에 남기게 될 것이니 제군은 국가의 운명을 쌍견雙肩에 지고 조국 수호의 본연의 사명

에 염념명심念念銘心하여 일심불란一心不亂 헌신하여 주기 바란다……

　지금 읽어도 실로 의연하고 정당한 명문名文으로 이 문안 작성자의 이름은 지금 밝히기를 삼간다(실은 아이러니컬하게도 박정희 당시 중령이었음 : 필자 추기).

　물론 이것을 외면으로만 보면 군의 정치개입에 반대하는 명분을 앞세운 거사요 행동이었으나, 돌이켜 생각하면 군인들이 우리 정치의 불법과 횡포에 대한 최초의 반기反旗요 항거로서 나는 역사적 의의를 지닌 사건이라고 보고 있다.

　이러한 육본의 거조擧措에 대로한 이 대통령은 이 참모총장을 부산으로 소환했다. 이때 이 장군을 정보국장 김종평 장군과 헌병사령관 심언봉 장군이 수행했는데, 그들은 모두 체포될 각오를 하고 떠났었으나 미8군 사령관 벤플리트 장군의 비호로 겨우 위난危難만은 면하고 돌아왔다.

　그러나 이 대통령은 원용덕 장군을 육·해·공군 총사령관으로 임명하는 동시에 신태영 국방장관을 시켜 주동 참모인 이용문, 김종평, 심언봉, 손성겸을 비롯한 다수 참모들의 해임과 전보를 발령했다.

　그러나 저들은 이 인사가 국군 인사조직법에 위배되므로 불응을 표명하는 동시에, 한 걸음 더 나아가 발췌개헌안拔萃改憲案 무효 선언을 발표할 것을 논의하기에 이르렀다. 물론 이 무효 선언은 실현되지 않고 그 후 참모총장 경질로 진정되고 말았지만 만일 그것이 행해졌던들 우리의 정치사는 어떻게 바뀌었을지 모르는 일이었다.

나는 앞서 말한 대로 국방부 기관지를 맡고 있었고 이종찬 장군을 비롯해 여러 참모들과 인간적 친교를 가지고 있어 이 장군의 그 심각한 고민상을 목격했으며 특히 이용문·김종평 장군의 의기나 기개의 장함엔 지금도 감복하고 있다.

저 사건의 여화餘話로 김종평 장군은 끝내 조작된 '동해반란음모'로 3년형을 살았으나 그 후 민주당 시대 판결 무효로 누명을 씻었다. 여하간 저 사건은 후일 역사가들의 손에 의해 자세히 밝혀지고 재평가될 사건이라 하겠다.

어떻거나 나는 저러한 동란 중 무등병 복무가 인정되어 1955년에는 민간인으로서 금성화랑 무공훈장을 수여받았다.

나의 인생 행각기

인생을 결론부터 출발했다가 실패하였다는 것은 탕아蕩兒의 비극 '끊임없는 방황'을 운명과 약속함이나 다름없을 것이다.

내 일찍 열다섯에 가톨릭 수도원에 입산하였다가 3년 만에 환속해 버리고 나니 당시 나의 인생지능지수란 어린애를 배꼽으로 낳는다는 정도여서, 그 외에 아는 것이란 라틴어로 기도문 몇 절을 암송할 뿐이었다.

이러한 내가 제2의 인생 방법으로 대치시킨 것이 문학이요 시詩였다. 그래서 나의 시란 머무르고 휘지 못한 나의 정신이 각박한 나의 인생 도정 속에서 운명과 대결하는 포효요, 그 불꽃이요, 또 객혈이기도 하다.

그러므로 나의 청춘의 열띤 생명은 불운과 오뇌 속에서만 성장해 왔다. 여기에는 당시 망맹亡氓으로서의 반항과 자학 의식이 가미되어 나는 역행의 경사傾斜를 막 굴렀던 것이다.

교문이라곤 들어서는 데마다 퇴학이요 유치장 신세가 일쑤고 하니 향리에선 서울집 아무개는 '주의자'가 되었다(이 말은 그 사람 버렸다는 말과 동의어다)고 손가락질을 받게끔 되었다.

이래서 갓 스무 살 난 나는 어느새 모범 소년으로부터 교회에선 이단이요, 향리에서는 불량자요, 가문에서는 불효자로 전락하고 말았다.

죄 없는 죄인! 정신적 범죄자로서 사회 낙인이 찍히고 만 것이다. 이쯤 되고 보니 나는 정말 몸둘 곳이 없어졌다.

여기에서 나의 역의에 찬 탈출과 방랑이 시작되었으니 출가 도주하여 노동판 인부도 되어 보았다가, 어느 야학당 지도도 하여 보다가, 또는 부청府廳 임시 고원雇員도 되어 보았다가, 이러다가 마침내는 일본 동경으로 밀항하는 데 성공하였다.

동경행─이것은 나에게 북간도행이나 동일한 것이어서 향학向學이 목적이라기보다 유랑이었으며 일종의 '정신적' 범죄자가 치외법권지대로의 은피隱避를 의미하는 것이었고, 그로써 나에게 향해진 사회의 모든 악의에 찬 눈초리와 등지면 그만이었던 것이다.

이와 같은 것은 나뿐만 아니라 나 같은 경우의 당시 청년들의 공통된 방법이었으니 시방도 나는(우리는) 기적汽笛만 들으면 저

열차는 북간도행이려니 하는 착각과 더불어 이름 모를 노스텔 지어에 잠기곤 한다.

동경 생활은 한마디로 말하면 음울과 고독 속에서 보냈다. 며칠 동안 어느 누구와도 대화 한마디 없이 보내기 일쑤였다. 이래서 표박자漂泊者로서의 감상과 고독에 도취하는 시각時刻도 있었다. 처음 몇 달 동안은 생활비를 얻기 위해 연필공장 직공으로 또는 일급 노동도 하였으나 학적을 두게 된 다음부터는 가형과 타협이 되어 학자學資가 송금되었다. 학적이란 니혼대학 종교과인데 학생은 현직 승려나 전직 목사가 대부분이었다.

예서부터 나는 학문의 삼림 속을 헤치기 시작하였다. 나는 수많은 위대한 정신의 거목巨木과 교목矯木들 앞에 무릎을 꿇었다. 또한 무수한 조류의 지저귐과 금수禽獸의 포효에 황홀해하고 공포하고 전율도 하였다. 더욱이나 나를 허덕이게 한 것은 근대정신이 낳은 칡줄들에 감기어 버린 것이다.

온갖 것의 난독亂讀! 이것이었다.

거기다가 나는 또한 근대정신의 모든 열병을 치러야만 했다. 내가 당시 자살을 못한 이유의 하나로는 나에게 깊이 박힌 신앙의 인호印號, '나는 배내의 천주교 신자'였다. 나를 이 열병에서 지탱시킨 것도 내가 성장한 소년기의 가톨릭적 교육이었다고 나는 시방도 아슬한 생각과 더불어 이에 감사한다. 이 동안 나의 시 작업이란 거의 중단되어 있었다. 단상 노트만이 늘어가고 있었다.

이 시대 나에게 청춘이 가지는 또 하나의 열병, 연애란 놈을 치르기에는 나의 정신의 고역이 너무나 폭심暴甚하였다. 그렇다기보다 나에게는 행인지 불행인지 감정을 교류할 그런 여성과 인사 교환마저 한 번도 없었다.

또 있었댔자 사계절을 검은 중절모에 검은 코르덴 양복을 걸치고 병정 구두를 신은 장장발의 이 그로테스크한 청년에게 아무리 호기심이 많은 동경 여성들이라도 백안시할 것은 무리가 아니었을 것이며, 나도 막연하나마 나의 종신처終身處는 수도원밖에 없으려니 하고 '여인은 마물魔物이다'라는 이런 금선禁線을 가지고 살았던 것이다.

이러는 중에 학창 생활도 끝나 버리고 말았다. 그렇다고 환향還鄕할 아무 이유를 발견치 못하였으나 부친이 작고하시고 사제위司祭位에 오른 신부 형은 흥남교회 주임으로 전임되니 육십 노모가 홀로 집에 남으시게 되어, 묘소를 지킬 망주석처럼 불리어 나왔던 것이다. 나올 때 가지고 나온 고리짝 몇 개의 책과 2년 가까운 망연자실의 생활이 전개된 것이다.

나는 이런 무위 속에서 오히려 어느 정도 정사靜思와 관조觀照를 얻고 미칠 듯이 시 작업에 정진하였다. 이외엔 생명을 유지

할 의의가 없었기 때문이다.

방 밖을 나서면 서울집 아무개는 주의를 하다 정신이상에 걸렸다는 것이어서 나를 폐인 대접했다. 이런 자연적인 유폐 생활은 오히려 지금 생각하면 내심 다행이기까지 하다. 여기에다 폐의 발병이 겸했으니 아주 안성맞춤이었다.

그러나 일제 발악이 최고조에 달하니 이 폐인에게도 순사들의 방문이 잦았고 호출이 잦아지니 노모의 애태움이란 비할 데가 없었다.

보국대 동원, 징집 등 나도 이제 병신 행세만으로 카무플라주가 안 되었다. 나는 홀연 결의하고 아버지와 교의交誼가 있던 일인 수렵노狩獵老의 소개로 〈북선매일신문〉 기자가 된 것이다. 이도 얼마 안 가 신부 형이 경영하는 교회 학원을 맡아도 보고, 폐환肺患으로 교회 산장 같은 데 전지요양도 하는 사이에 8·15 해방을 만났다.

이때에 특기할 내 신상 변동이 있었으니, 당시 나의 신부 형이 경영하는 교회 병원에 온 여의女醫와 결혼을 한 것이다. 중매도 신부 형이요, 주례도 신부 형, 신랑은 폐병 환자요, 신부는 여의였던 것이다. 어찌 보면 언뜻 달가운 감정 왕래를 상상할 것이나 너무나도 우리는 중매결혼의 전형이었다.

을유乙酉 해방! 민족적 감격이나 이런 것은 제외해 놓고 나의 인생에 어처구니없이 많은 선물과 수난을 가져왔다.

　먼저, 이제까지 나에게 붙여졌던 낙인은 일시에 벗겨졌다. 한 마디로 말하면 주의자 구상具常, 폐인 구상은 선견자先見者였던 것이요, 일종의 혁명가였다는, 이런 편리하고 분수에 넘친 인간 대접을 받게 되었다. 그러기에 나는 향리 인민투표에서 최고 득점자로 되었던 것이요, 신생 조국의 역군으로서 추대도 받아 본 것이었다. 우습기도 한 일이나 나는 나대로 유폐에서 의욕적 행동으로 나가기도 하였고 역군으로서 자부도 하였던 것이다. 이것은 아마 누구나 다 그러했으리라고 나는 믿는다.

　그러나 이것도 잠깐 사이였으니, 소련군이 진주한 북한은 공산당의 붉은 장막이 천지를 뒤덮고 말았다. 나는 또다시 '반동 인텔리겐치아'라고 등에 명패가 붙은 채 두문杜門의 생활이 계속되었다. 이러는 중에 동인들과 발간한 시집《응향》이 필화를 입게 되었으니, 동인 중의 홀로 비당원인 나는－공산당원에게는 자기비판이라는 속죄부가 있다－신변이 위험케 되었다.

　기어코 나는 남하를 결의하고 고향을 떠났으나 경계선에서 붙들리고 말았다. 그래도 섭리의 신은 나에게 감옥 탈출이라는 엄청난 초성적超性的 용력을 주시어 1947년 2월 초순에 서울에 떨어졌던 것이다(나 같은 느리광이가 감옥 탈출이니 밀항이니 하면 친구들은 곧이 안 듣는다).

서울에 와서 나는 문학 행위란 염두에도 두지 않았다. 나는 다시 학구의 길을 결의하고 교회를 통하여 북경 보인대학輔仁大學 연구원에 소개를 받아 '임정' 안경근安敬根 선생의 주선으로 장도에 오르기로 선편船便까지 약속했지만, 그 일주일 전에 청도靑島가 중공에게 함락을 당하였다. 동서 종교 사상의 비교 연구, 이런 엄청난 과제를 나는 설정했다.

북경행에 실패한 이 실의 중의 나를 문단에 입참入參시킨 것은 소설가 최태응 형이다. 당시 나를 유도하려고 동창인 소위 문맹文盟의 전위 소설가 박태민朴泰珉 군과 전위 화가 오지삼吳智三 군을 통한 문맹의 가입을 거부하자, 동 기관지는 소련의 레닌그라드 사건과 북한의 '응향' 사건의 결정서 및 동 비판문을 대서특기 게재하였고, 이에 대하여 김동리 씨가 반박문을 발표했고, 나는 그 경위를 공표하고, 이래서 한국 문단의 초입생이 되었다.

그동안 나는 생활 방편으로 이 신문 저 신문을 전전하다가 군정보국 요청으로 군속이 되었다. 대북 지하신문 북한특보 CIC 정보수情報手 등 의무감과 적개심에서 출발한 나는 공산당의 대역大逆질은 모조리 골라서 해왔으며, 사변 후에는 정훈국으로 전속되어 대적 선전 군 기관지 등에 복무하여 지난달 8월까지에 이르렀다.

그동안 소위 사고도 많이 내고 기합도 많이 받았으나 나 스스로 용케도 감수해 왔다고 생각한다. 여기에는 나의 오직 하나인 신부 형이 3년 전에 공산당에 납치되어 간 것과 홀어머니의 생사불명이 나의 용력을 유지시켰을 것이다.

이제 오래된 군속 생활을 이 전란 중에 털어 버렸다는 것은 나에게 그동안 축적되었던 정신적 허기와 피로에서였다. 기진맥진한 자기를 구출키 위함인 것이다.

나는 이제 겨우 반생을 살았다. 어느 친구의 얘기대로 천사를 끼고 지옥을 거니는 이런 모험과 폭행을 마구 감행해 왔다.

이제 나는 칠죄七罪의 연못 속에서 죽지를 상傷하고 있다. 고향도 갈 길도 하나같이 안 보인다. 그러나 나는 운명도 넘은 손에 매달려 있음을 믿고 또 알고 있다.

뜻한 곳 저절로
이를 양이면

그제사 숨 한 번
크게 쉬고

끝없는 쉼의
그늘로 들라

- <나그네> 중

강, 나의 회심의 일터

나는 어렸을 때부터 산보다 강을 더 좋아한 것 같다. 내가 자란 원산시 외곽에 있는 덕원이란 고장은 산수가 모두 수려한 곳이다. 더욱이나 내 집에서 가까운 가톨릭 베네딕도 수도원 뒷산은 숲을 잘 가꿨을 뿐만 아니라 명상의 산책길을 산허리를 둘러가며 마루까지 닦아 놓아 마치 선경이었건만 나는 어쩐지 그 속에 들면 수도원 울 안에 봉쇄된 느낌이어서 답답했다.

그 대신 마을 앞 들판을 마식령산맥으로부터 유유히 흘러와 맞닿은 송도원 바다로 흘러가는 적전강을 바라보면 마음이 후련해지고 해방감을 맛보곤 했다. 아마 나는 어려서부터 인자仁者가 될 싹수가 없었던 모양이다.

그런데 저런 내가 장성해 가면서 일반적인 경색景色이나 풍정風情으로서의 강보다 인식의 대상으로서 강을 바라보게 된 것은 그리스도 폴이라는 가톨릭 성인의 전설과 헤르만 헤세의 소설《싯다르타》를 접하게 된 영향이다.

너무나 유명한 설화와 소설이라, 그 줄거리를 생략하지만 여하간 거기 주인공들은 강을 회심의 수도장으로 삼고 있는 것이 공통점이다.

저러한 강에 대한 상념이 마침내 나로 하여금 오십을 넘긴 1970년대 들어 강을 연작시의 소재로 삼게 하였다. 여기에는 물론 내가 여의도에 살아 날마다 한강을 마주하고 있고, 시골집도 왜관이라 낙동강을 자주 접하는 데서 오는 친근감이 작용하였을 것으로 보인다.

그러나 그보다 내가 1960년대에 〈밭 일기〉 1백 편을 쓰며 그 생성과 소멸이 번다한 밭에다 역사에 대한 나의 당위의 세계를 담아 보았기 때문에 이번에는 생성과 소멸이 표면화되지 않는 강에다 존재의 세계나 실재에 대한 인식을 더욱 추구해 보려는 의도에서인 것이다.

다음에 몇 편 나의 〈그리스도 폴의 강〉을 옮겨 함께 음미해 보자.

4

바람도 없는 강이
몹시도 설렌다.

고요한 시간에
마음의 밑뿌리부터가
흔들려 온다.

무상도 우리를 울리지만
안온도 이렇듯 역겨운 것인가?

우리가 사는 게
이미 파문이듯이
강은 크고 작은
물살을 짓는다.

이것은 설명할 것도 없는 심회의 한 가락이지만 그러나 실제
의 강을 오래 관찰한 데서 오는 소위 관입실재觀入實在의 소산
이라 하겠다. 시의 우열은 고사하고 일반적인 조망으로는 강의
저러한 정중동靜中動을 포착하지 못하고 또 그것을 우리의 심층
심리와 부합시킬 수 없기 때문이다.

8
5월의 숲에서 솟아난
그 맑은 샘이

여기 이제 연탄빛 강으로 흐른다.

일월도 구름도
제 빛을 잃고
신록의 숲과 산도
묵화의 절벽이다.

암거를 빠져 나온
탐욕의 분뇨들이
거품을 물고 둥둥 뜬 물 위에
기름처럼 번득이는 음란!

우리의 강이 푸른 바다로
흘러들 그날은 언제일까?

연민의 꽃 한 송이
수련으로 떠 있다.

어쩌면 매서운 현실 고발의 시다. 그러나 나의 상념은 강을
통하여 역사에 대한 낙관을 획득한다. 즉 우리의 오늘의 삶이
아무리 연탄빛 강으로 흐르고 그 오염이 징그럽게 번득이더라
도 언젠가는 푸른 바다에 흘러들어 맑아질 그날이 있을 것을

나는 믿고 바라는 것이다. 그래서 오히려 오늘의 저 눈 뒤집힌
삶이 가엾기까지 한 것이다.

10

저 산골짜기 이 산골짜기에다
육신의 허물을 벗어
흙 한 줌으로 남겨 놓고
사자死者들이 여기 흐른다.

그래서 강은 뭇 인간의
갈원과 오열을 안으로 안고
흐른다.

나도 머지않아 여기를 흘러가며
지금 내 옆에 앉아
낚시를 드리고 있는 이 막내애의
그 아들이나 아니면 그 손주놈의
무심한 눈빛과 마주치겠지?

그리고 어느 날 이 자리에
또다시 내가 찬미만의 모습으로
앉아 있겠지!

실상 우리가 죽어 묻힌 뒤 그 시체의 수분은 다 빠져 무덤 밑으로 스며 나와 강으로 흘러내릴 것이다. 그리고 거기서 증화한 수분은 전생轉生을 거듭하는 것일 것이다. 이렇게 생각할 때 강은 단순한 물일 수가 없다. 나는 기독교적 부활의 그날도 강을 놓고 이렇게 그려 보는 것이다.

그러나 내가 그리스도 폴이나 싯다르타처럼 강에서 구원의 빛을 보겠는지는 미지에 속한다. 오직 양적 목표인 〈그리스도 폴의 강〉 1백 편을 완성하려고 해도 앞으로 몇 년이 더 걸릴지 모르겠다. 어쨌거나 나는 이제 강을 만년의 회심의 일터로 삼고 있는 것만은 사실이다.

나는 왜 문학을 하는가

2부

나는 왜 문학을 하는가

이와 비슷한 제목의 글을 여러 번 쓴 바 있어 되풀이가 되지만 시를 쓰게 된 동기를 회상해 보면 나는 보통학교(지금의 초등학교) 1·2학년 시절부터 글짓기나 이야기 시간(당시엔 화법 시간이라는 정규 과목이 따로 있었다)에 곧잘 엉뚱한 소리를 늘어놓아 담임선생이나 동급생 애들의 웃음을 사기가 일쑤였다.

가령 '사람이 공기나 물만 마시고 산다면 얼마나 편할까?', '돈이란 것을 없애고 온 세상이 내 것 네 것 없이 골고루 잘살 수는 없을까?'라든가, '잠자리는 날 때부터 안경을 썼다', '염소의 뱃속에는 검정 콩알 같은 똥을 만드는 장치가 되어 있다'라는 등 어린이들이면 누구나 다 가지는 의문이나 공상이지만, 나는 이런 생각들을 수월하게 현실화하여 너무나 천진하게 써내기도 하고 이야길 만들어 발표도 하였기 때문에 조롱의 대상이 되었던 것이다.

그런데 그러한 어린 생각이나 느낌에서 비롯된 다른 사람들과의 위화감이 차츰 나로 하여금 사물에 대한 인식이나 그 감동에는 독자적 진실이 따로 있다는 것을 하나의 신념으로까지 키우게 되었다.

그래서 사물에 대한 자기 진실에의 욕구가 오늘날까지 나로 하여금 자기 자질에 대한 실망을 되씹으면서도 시를 붙잡고 있는, 시를 쓰게 하는 이유라 하겠다. 저렇듯 나 자신의 욕구를 충족시킨다는 면에서 볼 때 "작가에게 있어 '쓴다'는 동사는 자동사"라고 프랑스의 비평가 롤랑 바르트가 말했듯이, 시를 쓴다는 것에 '무엇을 위하여'라는 목적은 따로 있지 않다.

그러나 이상의 이야기는 문학을 존재적인 면에서 보고 개인적 심리적 경험만을 살려서 하는 이야기요, 나라고 시를 쓰면서 문학의 현상적 기능과 그 효용의 면을 모르거나 무시하고 있는 것은 결코 아니다. 그래서 때로 나도 '나의 문학이 무엇을 할 수 있는가?', '나는 무엇을 위하여 문학을 할 것인가?' 하는 자문과 회의를 거듭해 왔다.

그리고 1964년 장 폴 사르트르가 그의 명저 《말》을 출판한 후 《르몽드》지와의 인터뷰에서 "작가들은 오늘날 굶주린 20억의 인간 편에 서지 않아서는 안 된다. 그것을 위해서는 문학을 일시 포기한들 어떠하랴?"는 화제의 발언이 충격적으로 내 마음을 휘어잡으면서, "이 인간의 불행, 특히 우리(나라와 겨레)의 비참한 현실에 비켜서서 문학은 무슨 문학이냐? 그것은 자독 自瀆 행위지!" 하는 자기혐오에 빠지기도 한다.

이러저러한 자문자답의 40년 가까운 되풀이에서 이즈음에 도달한 터득이랄까 결론은, 문학과 문학인은 결국 문학의 존재적인 측면과 문학의 효용적 측면 이 두 가지 속성의 분리 속에 존재하는 것이 아니라 그 통합 위에 존재하고 또 그래야만 한다는 것이다.

《닥터 지바고》의 작가인 파스테르나크에게 어떤 노동자가 "우리를 올바로 지도해 주시기 바랍니다" 하고 청했을 때 그는 말하기를, "그것 참 무리한 주문인데요. 나는 누구를 이끌어 본다는 생각을 해본 적이 없는 걸요. 시인이란 바람에 나부껴 잎새들이 속삭이는 나무 같아서 누구를 지도할 힘을 갖고 있지 않단 말입니다!" 하였다는 얘기는 저러한 문학이나 문학가의 실존적 입장을 뜻함이요, 또 저 사르트르의 "작가들은 오늘날 굶주린 20억의 인간 편에 서지 않아서는 안 된다. 이것을 위해서는 문학을 일시 포기한들 어떠하랴?"라는 말은 문학과 문학인의 현실적 기능과 효용에 대한 사회적 역할을 강조하는 것에 불과하다고 하겠다.

그렇다는 것이 저러한 사르트르 자신도 "소위 사회 참여의 문학이라 하여도, 그 사회 참가 자체가 어느 경우에도 문학에서 이탈하여서는 안 된다"느니, "나는 오랫동안 나의 붓을 잘 드는 칼利劍로 알았다. 지금 나는 그 붓의 무력함을 안다. 그러나 나는 책을 쓰고 있고 또 장차도 쓸 작정이다. 그것은 필요하다. 어쨌든 그것은 사회에 보탬이 된다……" 등의 술회를 보아도 우리는 그의 진의를 파악할 수 있을 것이다.

그러므로 참된 문학이라면 저러한 문학의 실존적 모습 속에 또한 저러한 문학의 기능적 절실한 요청이 깃들어서 성립된다고 하겠고, 이것을 풀이해 말하면 '문학은 나와 남을 위하여 함께 있는 것'이 된다.

나의 문학적 자화상

다른 시인·작가들의 이 제목의 글을 읽으면서 그분들이 지닌 자기 인생과 문학에 대한 안심입명安心立命과 그 화해에 대한 부러움과 함께 스스로의 부끄러움을 금할 바 없었다. 그것은 문학에 대한 경모輕侮가 아니라 내가 살아온 인생과 내가 끄적여 온 문학에 대한 의혹과 외겁畏怯인 것이다.

그야 나도 문학, 특히 시야말로 사내대장부가 전심치지專心致志 일생을 걸어 바쳐야 하고 또 바쳐서 후회 없을 가장 존귀한 소업所業인 줄 이제는 알게도 되었고, 또 나의 삶의 최고의 성실이 시 이외에 없음을 깨닫고 있기도 하다. 그러나 이렇게 말하면서도 내 가슴 어느 한구석에선,

너 아둔한 **친구** 요한아!

가령, 네가 설날 아침의 햇발 같은 눈부신 시를 써서 온 세상에 빛
난다 해도 너의 안에 온전한 기쁨이 없다는 것을 아직도 깨우치
지 못하느냐.   - 졸시 <요한에게>의 첫 연

하고 힐거詰拒해 온다.

내가 살아온 인생을 솔직히 술회한다면 자화상을 그리는 어
느 글에서도 밝힌 바와 같이, 내 일찍이 열다섯 살에 가톨릭 사
제가 될 것을 지망하고 수도원 신학교에 들어갔다가 3년 만에
환속하였는데 이렇듯 인생을 결론부터 출발하였다가 실패하였
다는 것은 탕아의 비극 – 즉 끊임없는 방황을 운명과 약속함이
나 다름이 없었다고나 할까 – 이다.

그래서 인생의 제2의 출발로 대치시킨 것이 문학이었지만 대
학 입학 때만 해도 문예과와 종교학과 두 곳엘 합격했는데, 나
는 후자를 택했고 또 어지간히나 세상의 하수구를 꼴딱꼴딱 헤
엄쳐 오면서도 나의 본향은 맑은 샘이거니 하는 갈원渴願과 몽
환 속에 살아, 결국 이날까지도 승僧도 속俗도 못 되고 마치 항상
변통便桶 위에 앉은 엉거주춤한 상태에서 살고 있다.

이런 나이기에 좀 외람된 말이지만 무종교의 문학자나 예술
인들의 고민이 무엇일까 하고 궁금히 여길 적이 많다. 그들은
신에 대한 무감각, 내세에 대한 무감각 속에서 고민의 소재가

무엇일까. 현존의 삶이 여의치 않아서일까. 그렇다면 이 삶의 고달픔에 허덕이지 말고 안락사를 택하는 게 낫지 않을까. 아니 그들이 신주 모시듯 하는 문학의 소재나 그 표현(형상화)만에 그토록 안달을 하고 있단 말인가.

제기랄! 이것은 역시 나의 심술에서 오는 망발이렸다. 신의 손에서, 또 내세 앞에서 증발해 버릴 수 있는 인간은 아무도 없다. 그가 진실로 자기의 존재를 인식하는 사람이면 그가 신을 거부하고 배격하는 사람이라도, 또 내세를 불가지不可知와 사멸로 신념하고 주장하더라도 한 번은, 아니 끊임없이 저것(신·내세)과의 대결을 면치 못할 것이다. 그러니까 나의 인생은 언제나 문학에서 미흡을 느끼고 문학도 나의 인생에다 그런 초월은 무모하고 불감당의 것이라고 저항한다.

저러한 소식을 한마디로 율律한다면 내가 '아직 한 번도 확신이 있는 삶'을 살지 못한 데서 연유한다. 내가 가톨릭 신앙을 가졌다지만 그 교리와 의식에 익숙할 뿐이지 엄밀히 따진다면 신앙을 안 가진 사람이나 그 삶과 다를 바 없고, 글을 쓴다지만 자기로의 사상이나 달관이 없이 천박한 지식이나, 일시적 느낌이나, 투철한 직관이 아니라 감상만에 의지하여 원고지를 메워 가고 있는 자기를 살필 때 나의 인생과 문학의 공허를 안 느낄 수 없다.

그렇지만 나는 저 '허무의 수렁'엔 빠지지 않는다. 왜냐하면 나도 프랜시스 톰슨의 경우처럼 〈하늘의 사냥개〉(시 제목)에게 쫓기고 있기 때문이다.

나는 그로부터 도망쳤다.
밤이나 낮이나, 몇 해를 두고
그로부터 도망쳤다.
내 마음의 얽히고설킨 미로에서
그를 피하였다. (…중략…)

그러나 서둘지 않고 침착한 걸음걸이로
신중하고도 위엄 있게 뒤쫓는
그 발자국 소리보다도 더 절박하게
하나의 목소리가 울려온다.
나를 배반한 너는 모든 것에게
배반당하리라—고.

마치 저런 신의 목소리가 항상 나의 귓전에서 그야말로 하늘의 사냥개처럼 컹컹 짖어대기 때문이다.

이런 나는 때마다 나만이 특별히 저주받은 영혼이 아닐까 하는 지독한 절망에 빠지는 수가 많다. 그래서 결국은 나의 인생이, 나의 문학이 비의秘義에나 접하지 않고선 아무런 해결도 못

얻고 공전空轉과 도로徒勞에 끝나리라는 불안과 외겁 속에 산다.

그런데 "성서에 씌어진 것보다도 더 뚜렷이 신비를 체험했다"는 20세기의 시성詩聖 폴 클로델이 "너희가 신을 알았을 때 신은 너희를 한시도 그대로 놓아두지 않을 것이다" 한 것으로 미루어서 신비의 체험이 결코 안온을 의미하지 않는다는 것은 짐작할 수 있다. 또 중국의 시인 소동파蘇東坡가 견성見性한 뒤,

> 깨치고 보아야 별것이 아닐세
> 노산은 (여전히) 안개로 덮이고
> 절강은 (여전히) 파도가 치네
> 到得歸來無別事 盧山烟雨浙江潮

라고 하더란 것으로 미루어도 오도悟道란 것이 결코 내가 바라 듯 삶의 근본 변경이 아님을 나의 어리석음으로서도 살필 수 있다. 그러니 오히려 내가 "비의에나 접하지 않고선!" 하는 것도 허세요, 우스꽝스럽고 부자연스러운 것이리라.

이런 용렬 인생과 부실 문학을 그나마 위로받고 지탱하는 나 나름의 비방을 털어놓으라면 "하느님께서 내게 주신 모든 은혜를 거두어 도둑들에게 나누어 주셨던들 하느님은 진정 감사를 받으실 것을!" 한 아시시 프란치스코 성인의 말씀을 섬기고 있는 덕분이라고 하겠다.

나의 시의 좌표

누구나가 다 하는 얘기이지만 오늘날 시가 대중들에게 읽히지 않는다고들 말한다. 지난번 어느 신문의 프랑스 특파원이 보도한 것을 보면 프랑스에서도 현대시 독자의 80퍼센트가 시인 자신들이라고 전한다.

이렇듯 현대시가 안 읽히는 원인을 대별하면 두 가지로, 그 하나는 시를 읽어도 무슨 이야기를 하는지 알아낼 수가 없기 때문이요, 또 하나는 시가 어느 정도 이해되어도 그 내용이 현실적 삶에서 치우치게 동떨어져 있기 때문이다.

그런데 먼저 현대시의 난해성은 근대시가 예술적 필연성으로 치르고 물려준 상징주의나 초현실주의의 유전적 체질이 지닌 하나의 특성으로, 현대시가 그 예술적 형상성形象性에 가치를 구하고 있는 이상 어쩔 수 없는 진실로서 난해를 면치 못하는 면이 없지 않다.

그런 면에서 볼 때 현대시의 난해성은 시인 자체의 문제만을 제기할 뿐만 아니라, 한편 독자들의 감수感受 능력이 문제로 등장한다. 시가 예술이요 오락이 아닌 이상, 이것을 음미·감상한다는 것은 일종의 예술 창조 행위에의 참가로서 시인의 어떤 노작勞作을 진정으로 이해하고 맛보기 위해서는 작가에게 뒤지지 않는 지적 인식이나 정서적 감응력에 대한 노력과 훈련을 필요로 한다. 즉, 시라는 것을 통속적 문학의 읽을거리처럼 읽으면 즉시 즐거울 수 있어야 한다는 안이한 생각에서 벗어나야 한다.

그런데 한편 현대시가 주제, 즉 표현 목적이 인간 삶의 방향성 없이 형상성 그 자체만을 목적으로 하여 표현을 위한 표현을 일삼게 될 때 예술이 지니는 흥미와 유희적 속성에만 편중함으로써 결국 독자들의 공감을 불러일으키지 못하게 되는 것이다.

즉 예술적 표상이 방법이 아니고 목적으로 되었을 때 그 표상 자체는 소재로서의 객관성을 잃게 된다. 여기에서 객관성이란 작품과 독자와의 심적인 상호 연관성을 뜻한다. 그러므로 그 시의 표상이 어디까지나 개적個的이요, 심적 상호 연관성을 지니지 않을 때 그 시는 집합 표상이나 사회 표상이 되지 못한다. 말할 것도 없이 개인 의식은 개인 표상의 연속체요, 사회 의식은 집합 표상의 연속체로서 개인 의식을 사회의식까지 고양시키기 위하여는 개인 의식에 대한 의식적 비평이 요구된다.

그래서 시 작품의 경우 표출 대상에 대한 자기 비평 없이는 독자와의 심적 상호작용, 즉 공감을 불러일으킬 수가 없다. 즉 표상에 대한 의식적 거리와 비평 없이는 시를 사회적 존재로 만들기가 불가능하다.

저러한 소식을 역설적이긴 하지만 한국 표현주의의 거장이라고 할 김춘수 씨의 〈왜 시를 쓰는가〉(《현대시학》 5월호 설문의 답)라는 글이 더없이 정직하게 나타내 준다.

> 직장에서 시외전화를 하게 되면 교환양이 으레 묻는다. 공용인가 사용인가고. 공용인 때는 부탁하는 쪽은 매우 떳떳해한다. 그러나 사용인 때는 어딘가 좀 위축되는 느낌이다. 떳떳하지가 않은 기분이 된다. 시를 쓰는 경우도 이와 같다고나 할까?
>
> 민족을 위하여, 민중을 위하여, 계급을 위하여 메시지를 가지고 있고, 그것을 시의 형식으로 표시하고자 하는 사람은 어딘가 떳떳해지는 느낌일는지 모른다. 그런 때는 공용으로 직장 전화를 사용하는 때의 느낌과 통하고 있다. 언어를 공용으로 쓰고 있다는 어떤 자부, 또는 자존도 있다.
>
> 그러나 직장 전화를 사용으로 쓰는 사람은 어딘가 미안한 느낌이 된다. 교환양이 물어 보기도 전에 전화료는 이쪽 부담

임은 물론이고 사용으로 썼기 때문에 혹 상부로부터 책망이 있을 경우의 책임은 이쪽이 모두 지겠다는 맹세를 하게도 된다. 자연히 음성도 부탁조가 되기도 한다. 공용의 경우처럼 당당하지도 시위조가 되지도 못한다.

그러나 사용의 경우가 더욱 그 당자에게는 절실한 것일 때가 있다. 상황을 같이해 본 경험이 없는 제3자가 볼 때는 아무런 흥미도 없는 내용이지만 말이다. 나는 시를 이렇게…… 즉 직장에서 전화를 사용으로 쓰고 있는 모양으로 쓰고 있다. 나 혼자만 간절해하고 있는지도 모른다. 상대방이라고 해야 겨우 한 사람뿐인데, 그것도 어느 정도의 반응을 보일는지 알 수 없는 노릇이다. 말하자면 나는 누군가 한 사람쯤을 상대로 시외전화를 걸 듯이 시를 쓰고 있다. 그것도 직장에서 그곳의 전화를 빌려서 말이다. 상당히 위축되는 기분으로 말이다. 시를 왜 쓰느냐? 하는 데 대한 떳떳한 대답을 하고 싶지만 그렇게 잘 되어지지가 않는다. 나는 시를 하나의 장난game이라고 생각하는 사람이다.

이상 김춘수 씨의 표백으로서도 표현주의 시의 표상이 어디까지나 개인적 표상에 머무르며 심적 상호 연관성을 지닌 사회적 표상으로 나아가고 있지 않음을 단적으로 제시해 주고 예술이 지니는 유희적인 일부 속성에 몰입해 있음을 밝혀 준다.

그러나 나는 저러한 표현주의의 시나 그러한 예술적 형상 작업을 무시하거나 부정하려는 것이 결코 아니오, 앞서 내세운 바 현대시가 대중들에게 읽히지 않고 공감을 안 준다는 문제의식을 놓고서 그 타당성 여부를 분별해 보고 있는 것이다.

또 나는 김춘수 씨가 그의 시작 태도와 대치시킨 '민족을 위하여나 민중을 위하여'와 같이 소위 예술사적 역정을 거치지 않은 자연주의적 현실주의나 '계급을 위하여'와 같이 정치적 이념에다 시를 종속시키는 사회주의적 현실주의의 시나 시작 태도를 동조하거나 지지하고 있는 것도 아니다.

이것은 내가 이론으로써만이 아니라 동란 속에서 쓴 〈초토의 시〉나 새마을운동도 일어나기 근 10년 전에 쓴 〈밭 일기〉 등의 연작 시편들이 불러들이고 있는 '현실'이란 것과 또 오늘의 나의 작업이 저러한 두 가지 현실과 판이하다는 것과 그래서 한국의 소위 참여시에서도 제외되고 있다는 사실로서도 수긍이 갈 것이다.

즉 내가 주장하는 바 시적 현실의 현실과의 연결은 단순 소박한 시와 현실과의 평면적 연결을 의미하는 것이 아니라 작가와 표상과의 거리를 유지하고 지적(비평) 작용을 통하여 시적 현실에다 인간성·사회성·역사성·영원성을 부여하고 우리의 삶의 실재나 실체와 유리되지 않는 것을 뜻한다.

그래서 표현주의가 갖는 예술적 표상을 부인하거나 또는 소박한 사회성이나 정치적 경사傾斜를 찬동하는 것이 아니라 오직 표현주의의 그 내부 영상의 심층적 표현이나 시각적 회화성이나 다각적 입체감을 어디까지나 개인 표상에 머무르게 한다든가 탐미적인 유희성에 끝나게 하지 말고 인간과 사회와 역사와 영원성을 회복하여 그 비평을 시의 중핵으로 삼고자 하는 것이다.

흔히 시와 현실이라면 그 현실이라는 것을 정치적 현실로 받아들여 계급성이나, 경제 기구나, 정치 형태에 도식적으로 연결시키고 이것을 소위 '참여시'라고 부르고 불리는 경향이 있다. 그런데 이것은 우리 시와 우리 문학의 통념이 지니는 오류로서 시적 현실이란 가시적·감각적·외재적인 것뿐 아니라 불가시적·사고적·내재적인 것을 통틀어 현존과 실재의 내면과 외부를 막론한 것이요, 또한 시적 현실이란 저러한 객관적 현실성 그 자체가 아니라 이것을 주관적으로 재구성한 표현적 현실을 말한다.

그래서 피에르 르베르디는 "시는 정신과 현실과의 비등沸騰하는 교섭 끝에 침전하여 생겨진 결정結晶이다"라고 말한다. 여기서의 정신과 현실과의 비등하는 교섭이란 정신과 현실과의 전적인 융합이나 일치가 아니라 오히려 주체적 정신의 저항과 갈등과 분석과 해체에 의해서 재구성된, 즉 지적 조작으로 비평이 행해진 현실인 것이다.

다시 말하면 외재적인 현실성과 내재적인 현존성을 분리하지 않고 통합을 이룩하는 것이다. 그러나 여기서 통합이란 구조상의 논리일 뿐이지 표상의 궁극적 목적에 있어서는 완전한 융합을 뜻한다.

이것을 좀 더 이로理路적으로 캐들어가 보면 내재적 현존성이 외재적 현실과 맺어져 표현을 요구할 때 그것은 이미 영원성이나 역사나 사회나 인간 존재가 투영하는 바 의미와 연결되고 있다. 이러한 연결을 거치기 이전, 즉 내재적 현존성이 오직 그것만으로 존재할 때 그것은 표현을 요구하지 않는다.

그러므로 내재적 현존성이 외재적 현실과 결합하고 표현되었다는 것은 역사적·사회적·영성적 인간 표상을 그 어느 견지에서나 또는 어느 각도에서나 결정한 것으로서 그 형상화의 단계에서 주지적인 사고의 밑받침을 받고 있다. 이러한 비평은 필연적으로 구상적具象的이요, 그 표상은 복합적이다.

왜냐하면 시적 현실의 비평이란 인간에 대한 뜨거운 애정과 신뢰, 즉 휴머니티에 입각해 있어야 하므로 그 비평은 자연히 추상적이기보다 구상적인 것에 기울어지고 그 대상이 비록 내재적인 것이나 무형적인 것이라 하여도 그것이 명확한 구상적 대상으로 방법화되기까지, 즉 명석하게 질서지어질 때까지는 그 비평을 멈추지 않기 때문이다.

이상의 나의 주장들은 대체로 구미의 네오리얼리즘이나 일본의 신현실주의파 시인들의 시론이나 실작實作과 영원성에의 연결이라는 과제를 제외한다면 궤도를 함께한다고 보아도 무방하다.

그런데 내가 왜 근업近業의 시작 몇 편을 내놓으면서 쑥스럽기까지 한 자기 시의 변호 같은 것을 꺼내 놓는가 하면 우리 시단이 지니는 문제의식들을 현상적인 면에서가 아니라 본질적인 면에서 나 나름대로 정리해 보려는 의도와, 한편 나의 시나 근업에 대한 평자들이나 독자들의 의문에 응답해 보기 위해서이다.

여기서 나의 시에 대한 의문의 극단적인 예를 하나 들어 보면, 《현대시학》(1978년 6·7·8월호)에 장장 200매의 〈구상론具常論〉을 고맙게도 연재해 준 김윤식金允植 교수의 그 결론 부분인데 다음과 같은 것이다.

> 그를 논의하는 좌표축은 실상은 종래 한국시를 논의하는 버릇에서 벗어난 곳에 놓여 있다. 그것은 시인과 일상인과 신앙인을 분리하지 않고 한꺼번에 온몸으로 밀고 나가는 전

인적全人的 실존으로서의 시인을 바라보는 좌표축을 필요로
한다. (…중략…) 이러한 좌표축을 그 자신이 방법으로 제시해
놓지도 않았기에 시를 논의하는 한국적 관습들이 그의 시를
비시적非詩的인 것으로 인식하는 것은 극히 당연한 일이다.
이에 대해 구상은 조금도 당황하거나 초조해하지도 않고 자
기 식으로 시작하고 있을 뿐이다. 그가 극소수의 사람만이 듣
는 먼 어떤 목소리(역사 너머에서 속삭이는 목소리)에 발을 맞
추고 있기 때문인지도 모른다. 그 목소리를 우리가 다만 아
직도 못 듣고 있는지도 모른다. 혹은 그 목소리를 듣기 위해
서는 특별한 청각이 요청되는지도 모를 일이다. (…중략…)
그는 아마도 신현실주의가 주장하는바 초현실주의가 치른 말
초신경적 내부 이미지까지 채 도달해 보지도 못했고 동시에
사회주의적 현실주의에까지 도달되지도 않은 자리에서 두 가
지를 미리 통합해 버린 형국으로 우리에겐 보이는 것이다. 아
마도 그는 일부러 그런 태도를 취하는 것처럼 보인다. 철저히
기교를 거부함으로써 사람들로 하여금 '비시적이다'라는 외침
이 도처에서 들려오기를 고대하고 있는 것처럼 우리에겐 보인
다. 마치 그것은 온갖 기교를 사용하여 비시적이고자 했던 이
상의 경우만큼 장관이라면 장관이라고 할 것이다. (…하략…)

이렇듯 애정이 어려 있으나 부정적이라면 아주 부정적인 나
의 시에 대한 비평 중에서 그가 요구하는 바 나의 시의 좌표는

이미 제시한 바이고 먼저 시를 논의하는 한국적 관습(이것은 한국에 국한시킬 것이 아니라 시에 대한 전통적 개념이나 현대시에 대한 통념)이라는 점을 해명해 보면 그가 말한 대로 나의 시는 전통적 시들이 가지는 운문적verse 운율도 갖추지 않았고, 또 '현대시 곧 메타포'라는 뜻에서의 비유나 이미지를 갖추지 않고 있다. 이것에 대해서는 앞서의 〈나의 시작 태도詩作態度〉에서도 언급한 바 있다.

저러한 취의趣意에서 또한 앞서 제시한 현대시의 문제의식을 놓고 내가 최근 읽은 시 한 편을 그 우열은 별개로 하고 음미해 보기로 한다.

풍금風琴

반짝이는
오랑캐꽃에서 서울까지
반짝이는
흰 옷고름에서 서울까지

한 길이면서 두 주의主義로 뻗은
칼끝처럼 반짝이는
무쇠가 닳아진 웃음 위로

불의 바퀴는 굴렀다.

터널을 빠지자
늙은 사상가의 지줄거림
목쉰 기적은 눈물을 털고

내가
가방을 들고 내린 아침
파도로 지은 역사驛舍는
바다에 떠 있는 풍금.

　이 시를 논란하기 전 우리는 먼저 〈정치적 백치〉라고 소제목
이 붙은 자작시 해설을 한번 살펴보자.

　　금년 정초였다. 저녁 시간에 한창 웃음판 코미디가 텔레비전
　　프로그램으로 벌어졌다. 잘 알려진 코미디언이 주인공이 되
　　어 열연을 벌이고 있는 코미디의 내용은, 남쪽으로 왔던 아들
　　이 이북의 어머니를 찾아가 만나는 장면이었다.
　　두 사람의 만남은 우스꽝스러운 표정·대사·동작으로 한바탕
　　웃음을 터뜨려 놓았다. 그러나 코미디가 중간쯤에 들어서자
　　코미디언은 어머니, 어머니 몇 번을 부르더니 그만 그동안의
　　우스꽝스러운 열연은 포기하고 각본에 없는 눈물을 흘리고

마는 것이 아닌가!

코미디는 중단되고 관중 속에서 터지던 웃음소리도 멎었다. 코미디언이 우는 동안 숙연한 몇십 초가 지나고 코미디는 흐지부지 끝나 버렸다. 물론 저녁식사를 하면서 텔레비전을 들여다보고 있던 나 역시 누선의 자극을 받지 않을 수 없었다. 내 육체 안에 남북 분단 시대의 눈물방울이 살아 있는 것을 새삼 확인했다. 수준 낮은 코미디를 우리들은 흔히 바보놀이라고 말한다. 그런데 내 자신이 어떤 의미에서 정치적 백치 상태에 있는 것이 아닐까?

작자의 산문이 또 하나의 비유나 심상의 서술이 아니라면 저 〈풍금〉이란 시는 말하자면 저러한 사건을 소재로 해서 남북 분단 현실의 종식에 대한 순수한 염원(눈물)을 주제로 한 것이 틀림없다. 그런데 그 해설 중 군데군데 삽입된 낱말들을 보고는 그러한 분위기를 느낄 수는 있으나 가령 저 〈풍금〉이란 제목과 저 시만을 접하고 작가의 주제가 독자에게 궁극적으로 이해될 수 있고 전달될 수 있을는지 나는 의문을 갖는 사람이다.

그야 '작자의 주제나 표상이야 어떻든 독자 마음대로 받아들이면 되고 또 그런 것이 시다'라고 말한다면 더 할 말이 없고, 또 그것은 나의 '시적 심미안審美眼의 부실에서 오는 것'인지 모르나 나는 이러한 비유나 심상의 과잉과 탐닉을 몹시 경계한다.

도대체 나는 '이미지가 없는 것은 시가 아니다'라든가 '시는 메타포다'라는 통념부터를 배격하는 사람이다. 가령 현대시의 맏형쯤으로 여기는 T. S. 엘리엇의 유명한 장시 〈네 개의 사중주 四重奏〉 첫머리를 펼치면,

> 현재라는 시간은 과거라는 시간과 함께
> 미래의 시간에 존재하고
> 미래의 시간도 과거의 시간에 포함된다.
> 모든 시간이 끊임없이 현존한다면
> 모든 시간은 되돌릴 수 없을 것이다.
> 있을 수 있었던 일은 하나의 추상으로서
> 오직 사색의 세계에서만
> 영원한 가능성으로 남는 것이다.
> 있을 수 있었던 일과 있은 일은
> 똑같이 한 끝을 가리키며 그 끝은 언제나 현존한다.

라고 되어 있는데 저 속에 이미지가 하나도 없고 스테이트먼트만 있다고 하여 시가 아니라고 말할 것인가? 시는 이미지로 감각에 호소하기도 하지만 이처럼 추상적인 것을 이성에 직접 호소할 수도 얼마든지 있는 것이다.

　오히려 이미지는 대체적으로 모든 시인이 만들 수 있지만 그

런 이미지 없이 뜻깊은 스테이트먼트를 발하는 시란 좀체 쓰기가 힘들다 하겠다. 오늘과 같은 이미지 과잉 시대에는 더욱 그렇다.

그러나 내가 앞에서도 여러 번 다짐했듯이 시에서 이미지나 비유를 전적으로 배격하는 것은 아니다. 이미지와 스테이트먼트란 그 어느 하나가 절대적인 것이 아니고 어디까지나 상대적인 것으로 시를 쓴다는 행위는 이것을 합한, 즉 감각적인 것과 지성적인 면과 나아가서는 오성적悟性的 면마저 함께 발동시켜야 한다. 그래서 나는 전신적·전인적 시작 태도를 주장하며 그럼으로써만이 존재의 다양한 외적 다면성이나 심층적인 내면적 복합성을 인식하고 조명해 낼 수 있다고 생각한다.

물론 시에 대한 이러한 지향이나 좌표가 나의 작품에서 성취되고 있고 또 예술적으로 성공하고 있느냐 하는 것은 별도의 문제라 하겠다. 오직 나는 저 브레히트가 말한 대로 "우리는 훌륭한 옛 것이 아니라 좋지 못한 것이라도 새 것에 매달아야 한다"는 의미에서 우리의 현대시가 지니고 있는 문제의식을 나의 시에서 해결을 해본다는 지향에서 현재 시를 쓰고 있을 따름이다.

이제 마감으로 한 가지 첨가해야 할 사실은 김윤식 교수가 나의 시에 대하여 지적한 또 한 가지 점, 즉 "한국적 관습에 익숙한 평자(독자)들이 그의 시를 거의 비시적인 것으로 인식하는 것은 극히 당연한 일로 된다. 이에 대해 ……그가 극소수의 사람만이 듣는 어떤 목소리(역사 너머에서 속삭이는 소리)에 발을 맞추고 있는지 모른다. …… 그의 목소리를 듣기 위해서는 특별한 청각이 요청되고 있는지 모른다"라고 하였는데, 그의 말대로 한국적 관습이나 현대시의 유형에 익숙한 평자들이나 시인들이 나의 시를 비시적으로 인식하는지도 모르고 또 그럴 법하다고 생각되나, 그가 괄호를 한 일반 독자들은 나의 시를 결코 비시적으로 여기지 않고 또 나의 시를 수용하는 독자들은 오히려 저러한 유형적인 현대시보다는 월등 대다수라는 사실이다.

이것은 내가 자홀自惚에서거나 과대망상에서가 아니라 나의 올해 작업만 보아도 시 전문지나 문예지에 실린 작품은 8편에 불과한데 신문, 일반 잡지, 각 단체의 기관지, 직장의 친목지나 상업 선전지, 종교지, 학교 교지 등에 실린 작품은 20편도 더 넘는다는 사실로도 반증될 것이다.

더욱이 이것들은 행사시·축시·기념시·생활시 등으로 거의 다 주제가 정해져 있어 강렬한 메시지를 요구하는 것들로서 나의 시는 이런 의미에서 광범한 민중과 그 생활전선에 연결을 갖고 있다고 자부할 수 있다.

얘기가 객쩍은 데까지 흘렀지만 나는 현대시의 유형과 그 통념에서 벗어남으로써 현대시의 문제점인 시에서 유리된 현대인의 마음을 붙잡는다든가 그 전달 방법에 제 나름의 성과를 거두고 있다고 생각한다.

　이러한 나의 시에 대한 지향이나 좌표는 나의 시를 어떤 목적이나 방법에 종속시켜서가 아니라 시가 본래적으로 지니고 있고, 또 오늘의 이 시대가 요구하는 바 강렬한 휴머니티의 연소 이외에 다른 것이 아니며 새로운 시대정신을 적극적으로 탐구하고 영원 속의 현존을 추구·파악하려는 자세 이외에 별것이 아니다.

자기 존재에 대한 물음

"인간은 생각하는 갈대"라는 명언을 남긴 17세기 프랑스의 과학자요 철학자 파스칼은 바로 그《명상록》에서 "생각의 순서는 자신에게서 비롯되어야 한다"고 밝혀 놓고 있다.

즉, 생각한다는 행위에는 그것이 실제의 삶을 위해서거나 또는 이상을 성취하기 위해서거나 여러 가지 종류가 있을 수 있는데, 그중에서도 우리가 무엇보다도 가장 중요하게 여기고 생각해야 할 것이 바로 자기 자신이라는 것이다.

그러면 우리는 자기 자신의 무엇을 생각할 것인가? 흔히 자기 자신을 생각하라면 자신의 현실적 이해의 문제만으로 여겨서 "자기를 생각하지 않는 사람이 어디 있느냐"고 반문할지 모르지만, 그 현실적 이불리利不利만으로는 인간의 참된 삶이나 보람을 획득할 수가 없다.

한마디로 말해 수고가 없고 괴로움이 없는 삶에서보다 고통 끝에 도달하거나 획득하는 삶이 큰 보람을 안겨 준다는 것은 인생의 공식에 속한다 하겠다.

그러면 여기서 이 문제를 잘 나타낸 독일의 옛 민요 하나를 그 뜻만 적어 보자.

나는 살고 있다.
그러나 나의 목숨의 길이를 모른다.
나는 죽는다.
그러나 그것이 언제인지 모른다.
나는 가고 있다.
그러나 어디로 가는지 모른다.
그러고도 태평하게 살고 있는
스스로가 놀랍다.

이 노래의 내용이야말로 저 파스칼이 말하는 바 생각의 출발점이요, 우리 삶의 가장 중요한 과제를 밝히고 있는 것이다.

그러나 우리는 저러한 문제와 마주하면 너무 어려워서 당황스러워지는 게 보통이다. 그래서 누가 저런 물음을 제기하거나 또는 자기 안에 떠오를 때 "골치 아프니 집어치워라!" 하기가 일쑤다. 그러나 이러한 자기 존재에 대한 물음을 외면하거나 기피

하는 것은 눈먼 삶을 의미하는 것이다.

이러한 눈먼 삶의 상태에서는 삶의 참된 보람이나 기쁨을 맛볼 수 없기 때문에 오늘날 사람들은 물질적인 풍조와 함께 저들의 삶을 향락주의나 찰나주의에 내맡기는 것이다.

물론 이러한 존재의 문제를 홀로만의 생각으로 해답을 구할수는 없다. 즉, 성현들의 종교적 가르침이나 철학자나 문학자들의 여러 가지 생각, 지식이나 지혜에 인도되어야 한다.

그런데 문제는 이러한 간접적인 해답에 인도되면서도 또한 끊임없이 그 해답과 정면 대결을 해야 한다는 점이다. 왜냐하면 진리란 영원하고 절대적이고 유일한 것이요, 또 시간과 공간을 초월하는 것이지만 그것을 자기 스스로가 해득하기에는 자기의 실존적인 삶, 즉 시간과 공간의 제약 속에 있는 자신의 해답을 얻지 않고선 그것이 헛것이기 때문이다.

혹시 여러분은 이런 인간 존재의 문제가 아직도 젊은 우리들에게 너무 어렵고 이르다고 생각할는지도 모른다.

그러나 파스칼의 말처럼 순수한 사색의 출발은 바로 그것으로부터 시작되어야 하고, 그 순수한 해답 속에서 우리의 삶이 설계되어야 참되고 보람 있는 삶이 이룩될 것이다.

삶의 보람과 기쁨

인간은 누구나 삶의 보람과 기쁨을 찾고 있다. 즉, 행복하기를 바란다. 그런데 이 행복의 실체가 무엇이냐고 묻는다면 누구도 쉽사리 대답을 못한다. 그러면서도 오늘날 모든 사람들이 삶의 행복과 불행을 갖고 안 가진 것, 즉 소유의 많고 적음으로 가늠하고 있다고 하겠다.

　- 남은 저렇게 출세를 잘 하는데.
　- 남은 저렇게 돈을 잘 버는데.
　- 남은 저렇게 이름을 날리는데.

왜 나는 이렇듯 출세를 못 하고 가난하고 인기나 존경을 못 받느냐는 것이 자신의 삶을 암울하게 여기고 불행을 느끼는 초점인 것이다. 그래서 우리가 이 글에서 함께 생각해 보려는 것은 모든 이들이 행복의 실체라고 여기는 그 소유라는 것이 그렇듯 다행하기만 한 것이냐 하는 점이다.

이미 세 가지로 열거했듯이 소유에는 출세나 권세와 같은 물리적 소유와 돈벌이나 유산의 재물과 같은 물질적 소유, 그리고 인기나 존경과 같은 정신적 소유가 있다.

그러면 첫째, 세상 사람들이 가장 부러워하는 물리적 소유의 비근한 예로 우리나라에서 제일 높고 큰 권력의 자리에 18년 간이나 있던 박정희 대통령과 일가족의 비극을 한번 상기해 보자. 그 권세로 말미암아 영부인 육영수 여사는 일찍이 괴한의 흉탄에 쓰러졌고 자신도 그렇듯 비참한 최후를 맞았다. 뿐만 아니라 그 유자녀들이 그동안 겪어 오고, 또 현재도 겪고 있을 그 비통·고독·소외를 상상만 하더라도 어느 누가 자기의 평범한 삶을 그들이 누렸을 부귀의 삶과 바꾸겠다고 나서겠는가? 이렇듯 말하면 그것은 우리나라의 후진국 현상이라고 하겠지만 미국의 존 F. 케네디 대통령의 예를 들어도 마찬가지다.

둘째, 그러면 재물이라는 물질적 소유인데 나도 신문에서 보고 더러 귀동냥으로 얻어들은 이야기이지만, 이른바 우리나라 굴지의 재벌 중에는 재산 때문에 부자간·형제간·숙질간·친척 간에 송사를 벌이고 그 때문에 원수지간이 되는 일이 비일비재라고 한다. 그리고 어떤 재산가의 아들들은 '칠공자'인가 뭔가로 불리면서 방탕을 일삼아 그 물질적 풍족 때문에 인생을 그르치고 있다고도 들었다.

셋째, 그러면 인기나 존경과 같은 정신적 소유는 괜찮기만 하지 싶지만 그것도 겉으로 보듯 결코 다행한 것만은 아니다. 이역시 손쉬운 예로 방송국 탤런트들의 인기를 들 수 있다. 겉으로 보기엔 재능만 있으면 수월하고 화려한 것 같지만 그들이 그인기를 얻고 유지하기 위해 치르는 정신적·육체적 고역이란 일반인으로는 상상도 할 수 없을 정도다. 그래서 그들은 그러한 정신적·육체적 고통을 이기지 못하여 때마다 마약 소동을 일으키곤 한다고 들었다.

한편 인격적인 존경이나 인망과 같은 정신적 소유는 아주 안전하고 태평스러운 것으로 오해들 하지만, 그것도 그렇지가 못하다. 가령 신부나 수녀, 비구나 비구니 같은 성직자나 수도자들을 만나면 그들의 고결한 생활에 존경을 바치고 그 인간적초탈을 무척 부러워하지만 그 초탈의 첫 조건인 '동정童貞', 즉일생을 독신으로 성욕을 끊고 지낸다는 것 자체 하나만으로도우리 일반인은 상상도 못 할 내면의 갈등과 고통을 당해야 한다는 사실을 인식해야 한다. 더구나 도고마성(道高魔盛 : 도가 높을수록 마귀가 끓음)이라고 마음의 싸움에서는 더욱 큰 유혹을 받아야 한다.

이렇듯 소유란 물리적인 것이나, 물질적인 것이나, 정신적인 것이나 다행한 면만을 지닌 것이 아님을 살펴보았다.

물론 그렇다고 소유 전부가 불행한 것이라는 말은 아니다. 모든 사물에는 명암明暗이 있듯이 소유에도 밝고 어두운 양면이 있다는 말이다. 그리고 그 소유의 밝음이 크면 클수록 거기에 따르는 어둠도 비례하여 커진다는 이야기다.

이를 좀 더 구체적으로 설명하면, 가령 물리적 소유의 출세를 한다든가 큰 권력을 잡는다든가 하면 그것을 지탱하기 위한 육체적·정신적 부담이 비례하여 수반되고, 함정이나 위험성이 따르고, 나아가서는 비극성까지 내포하게 되는 것이다. 이것은 물질적이거나 정신적인 소유의 경우도 마찬가지다.

그러므로 소유의 추구에서는 삶의 참되고 영속적인 보람이나 기쁨을 찾을 수가 없는 것이 분명하다 하겠다.

그렇다면 우리는 어디서 인간의 행복을 찾아야 할까? 한마디로 말해 우리의 존재 자체에서 찾아내고 누려야 하는데, 그 이로理路보다 먼저 한 주부 시인의 시 한 편을 음미해 보자.

햇살 고운 한낮 구부리고 앉아
나분대며 쏟아지는 수돗물의 소리를 듣는다
피곤이 모인 셔츠 언저리

아가의 내음이 남은 작은 저고리
한줌 한줌 물에 적시고 꺼내는 손놀림은
때론 눈먼 내 나태한 여자의 이름을 불러 일깨우고

여자의 가장 맑은 얼굴을 보는 자리
아낙의 어진 정성이 뽀얗게 피는 시간

소담스러이 빠짐없이 나의 빨래를
건져내어 힘주어 짜며

햇살에 빛나며 날리는
내 일월을 보리

- 정두리, <빨래>

여기서 저 <빨래>의 주인공인 어떤 주부의 처지를 가령 소유의 세계에서만 보고 생각한다면 저렇듯 손빨래를 하기보다는 전기세탁기를 사용하는 것이 훨씬 수고도 덜고 능률도 오를 것이다.

그러나 존재의 세계, 즉 변전變轉하는 현상 안에 불변하는 실재, 여기서는 남편이나 아가를 향한 사랑으로는 손빨래가 그 수고라든가 능률이라든가의 문제를 넘어 자기 삶의 보람을 불러일으키고, 충족감을 주고, 남편이나 어린것을 향한 애정에서도 밀도를 더하게 하며 삶을 승화시키고 있음을 넉넉히 엿볼 수 있다.

그래서 삶의 보람이나 기쁨을 결코 소유에서나 그 소유가 지닌 기술에서가 아니라 존재와 그 존재가 지니는 무한한 신비 속에서 스스로 찾아내고 맛보며 누리는 것이라 하겠다.

다음 이야기는 20세기의 철학자 중에서 '존재와 소유' 문제에 가장 깊은 통찰을 보여준 프랑스의 철학자 가브리엘 마르셀 선생이 1966년 일본을 방문하였을 때 일이다. 나는 마침 그곳에 체재 중이었는데, 그분이 일본 철학자들과 '악惡(여기서는 인간이 자유의지에 의해서 스스로 저지르는 윤리악이 아니라, 천재지변이나 생로병사와 같은 물리악을 가리킴)은 극복될 수 있는가?'라는 토론회 석상에서 다음과 같은 예를 들어 설명하는 것을 텔레비전을 통해 보고 들은 것이다.

앞날이 유망한 젊은이 하나가 병원에서 돌연 암이라는 진단을 받고 그 수명이 얼마 남지 않았다는 선고를 받았다 하자. 그럴 때 이 젊은이가 자기에게 부딪친 그 악을 어떻게 하면 극복할 수 있을까? 그는 의사에게서 완전히 돌림을 받았으니 소유의 세계에서는 억만금의 돈을 쌓아도 그 악에서 벗어날 수 없고, 또한 소유의 세계인 기술로도 이제는 도저히 그 악을 물리칠 길이 없다. 그렇다면 이 청년에게는 악에 대한 완전한 패배와 절망의 길밖에는 없는 것인가? 아니다! 그가 이 악을 극복하는 길은 소유와 기술에서가 아니라 존재와 그 비의(秘義 : 신령함)에서 찾을 수 있다.

가령 이 젊은이가 희생과 고통 속에서 세상을 떠난 이들의 죽음을 떠올려 그들의 인내와 용기를 본받아 자기 죽음에 대처할 수도 있고, 또한 신앙심을 가져 존재가 지니는 그 신령한 세계 속에서 절대자와 만나 죽음을 영원한 새 출발로 삼아 기쁨을 가지고 맞을 수까지 있다. 즉, 신앙인의 실존적 확신인 사랑으로 죽음의 고통을 이겨낼 수 있을 뿐 아니라, 사랑은 죽음보다 강하다는 자기희생으로까지 승화시킬 길이 있는 것이다.

내가 마르셀 선생의 말씀을 잘 전했는지는 모르겠지만 어쨌건 삶의 진정한 보람과 기쁨과 영속성을 찾는 길은 소유에서가 아니라 존재에서 찾을 수밖에 없다는 것을 저 비유는 아주 간명하고도 확실하게 가르치고 있다.

홀로와 더불어

너무나 유명한 시이기 때문에 나의 애송시라고 쳐들고 나서기가 쑥스러울 정도이지만 한국시 중 가장 사랑하는 '인생시人生詩'를 꼽는다면 나는 〈산유화山有花〉를 우리나라뿐 아니라 동서시東西詩 중에서도 보기 드물게 월등한 '인생시'라고 여기기에 여기에다 나답게 음미를 해보이려는 것이다.

이 시는 먼저 인간과 자연을 한 차원에서 보는 동양적 사유를 전제로 하고 음미해야지, 그렇지 않고 오직 표현된 자연의 서경敍景으로만 해석한다면 "산에 계절마다 꽃이 피고 진다는 것이 무슨 새삼스러운 감동이냐"고 반문을 자아낼 것이다.

그래서 한번 이 시에서 자연의 장소로 지정된 산을 '세상'으로, 자연적 존재로 등장한 꽃이나 새를 '사람'으로 바꿔 보면,

세상에는 사람이 태어나네
사람이 태어나네.
갈 봄 여름 없이
사람이 태어나네.

세상에
이 세상에
사는 사람은
저만치 혼자서 사네.

이렇듯 말이다. 그리고,

세상에
이 세상에
사는 사람은
저만치 혼자서 사네.

라는 구절에 주목해 보자. 한국어에서 '만큼'은 양을 가리키는
낱말이고 '만치'는 거리를 가리키는 낱말인데 여기서 '저'라는
지시대명사는 부사로 사용되어 불확정 수치를 나타낸 것이다.
즉 자연이나 인간이나 존재와 존재 사이엔 측량할 수 없는 거
리가 있음을 이 시는 지적하고 있다.

자연적 존재가 그렇듯이 인간끼리도 아무리 일치를 구해 보았자, 그것은 도로徒勞에 불과한 것이다. 절친한 친구 사이, 어버이와 자식 사이, 아니 한몸을 이뤘다는 부부 사이라도 결코 저 존재 자체에서 오는 고절감孤絶感을 메울 수는 없고, 이것은 삶의 경험으로서가 아니라 이 시처럼 삶의 여건으로서 인식하고 받아들여야 한다.

그래서 여류 사상가 시몬느 베이유는 "순수하게 사랑한다는 것은 그 간격을 받아들이는 것이다. 자기 자신과 자기가 사랑하는 것 사이의 거리를 더없이 사랑하는 것이다"라고 갈파하고 있다.

흔히 사랑한다는 것을 상대방과 한몸이 된다든가 그 완전 일치로 착각하는 이들이 많지만, 만일 그런 일치가 성취된다면 어느 쪽 한 인간의 인격과 개성이 말살당하는 결말 이외에는 딴 것이 아니다.

그런데 〈산유화〉는 저렇듯 인간의 '홀로'의 측면을 명시해 놓고는 그다음 연에서는,

세상에 사는 어느 사람아!
(너는 세상에 왜 사느냐?)
그는 (대답하기를) 사람이 좋아
세상에 사노라네.

124 한 촛불이라도 켜는 것이

이 연에서 괄호 안의 사연은 시에서의 생략을 내가 기입해 넣은 것이다. 이렇게 이 시는 '작은 새'라는 세상에 함께 사는 미미한 존재 하나에서 '우는'이라는 표현으로 그 삶의 역능役能과 보람을 묻고서는, 그 답으로서 사람이 좋아 산다는 증언을 시키고 있다. 여기서 '사람이 좋아'라는 구절은 곧 '사랑'을 뜻한다고 보아도 무방할 것이다.

"타자他者가 있다는 자체가 지옥이다"(사르트르)라고 극언하고 나서는 사람도 있기는 하지만, 결국 자연이나 인간 존재는 서로가 완전히 단절되어 있으면서 또 한편 타 존재와의 연대와 협동 없이는 삶 자체가 성립되지 않을 뿐 아니라, 그 삶의 의미나 보람을 성취할 수가 없는 것이다.

그러므로 〈산유화〉는 저 두 구절로 존재의 홀로〔單獨〕로서의 면과, 더불어〔連帶〕 사는 면을 간명하게 교시教示하고 있다고 하겠다.

오늘날 흔히 서양의 무신론적 실존주의자들은 인간의 단독자적인 면만을 너무나 강조해서 그 고독과 소외에 절망하고 있다. 또 공산당이나 히피족들은 인간의 공동적 유의식類意識의 면만을 강조해서 후자는 그 성性의 공유까지를 이상으로 하는 집단생활을 주창하고 있다. 그러나 이것은 양자가 모두 인간의 일면에만 너무나 절망과 희망을 갖기 때문에 오는 오류라고 나는 생각한다.

그리 오래되지 않은 화제다. 영국의 시인으로 미국에 귀화한 오든은 "우리는 서로 사랑하지 않으면 멸망뿐이다(We must love another or die)"라는 그의 시 한 구절이 유명해져서 영국의 수상이던 맥밀런은 그의 연설에까지 사용했었다.

그런데 그 후 그는 그의 시집 출판에서 이 1행을 삭제해 버려 또 한 번 평판을 자아냈다.

아마 그는 오늘의 세계를 생각하고 또 생각한 끝에 '인류가 서로 사랑하지 않으면 파멸을 가져올 것'이라고 강하게 느껴서 저 한 구절을 썼겠지만, 그 후 더욱 곰곰이 생각한 결과 '인류 모두가 서로 사랑한다'는 것에 회의를 느끼게 되었고, 마침내는 그 불가능을 확인하고 시 구절을 삭제하는 행동으로 나아갔을 것이라고 생각한다.

그래서 그는 그 시행詩行 삭제에 대한 이유를 묻는 질문에 "어떻든 우리는 죽음으로 가기 때문에(Because we are going to die anyway)"라고 답했다고 한다.

결국 그는 좋지 않게 평하면 '니힐'에 떨어졌다 할 것이고, 좋게 평하면 '산유화'가 지닌 동양적인 무상無常에 귀착했다고 하겠다. 즉 〈산유화〉는 앞에서 음미한 대로 먼저 존재의 단절

과 거리를 지적한 다음, 한편 인간의 공동의식을 제시하고 나서는 다시

세상에는 사람이 죽네
사람이 죽네
갈 봄 여름 없이
사람이 죽네

하고 노래의 끝을 맺음으로써 모든 존재의 무상한 귀의歸依를 설파하는 것이다.

물론 이렇게 시를 주제나 내용 면에서만 분석하고 음미할 수는 없다. 우리는 어쩌면 아니, 작가 김소월 자신도 이렇듯 의식하고 썼으리라고는 여겨지지 않고, 저러한 구체적 분석과 이해 없이 얼마든지 이 시의 미적 정서만으로도 이 시를 충분히 즐길 수 있고 또 즐기고 있으리라고 믿는다.

그러나 또 한편 이 시의 표현 안에 담긴 저러한 동양적 사유의 바탕이 없다면, 또 공감이 없다면 우리의 미적 정서나 그 감동도 불러일으키지 못했을 것이라고 나는 생각한다.

존재의 신비

아파트살이 내 서재 창가에는 몇 안 되는 화분에 끼어 잡초의 화반花盤이 하나 놓여 있다.

저 이름 모를 들풀들은 지지난해, 봄 국화가 진 자리에 제풀에 싹이 터서 제 김에 자라 스러지고 나고 하며 오늘에 이른 것으로 때마다 풀들이 이것저것 바뀌는 것으로 보아서는 제자리 흙에 묻혀 온 것도 있지만 바람을 타고 날아들어온 씨앗의 싹도 더러 트는 성싶다.

나는 난초보다도 또 어느 화분보다도 이 화분을 아끼는데 저 잡초들을 바라보고 있노라면 마치 고향의 들길이나 산기슭이나 바닷가를 거니는 느낌이어서 한동안이나마 자신이나 세상살이의 번잡에서 해방된다. 또 그 조그맣고 가녀린 꽃들을 바라볼 때는 그야말로 '솔로몬의 영화'보다도 소중하고 진실하고 아름답다는 실감을 지닌다.

더욱이나 저 무명초無名草들이 서울에서도 여의도, 콘크리트 숲 속 이 닭장 같은 아파트 4층에 기생하기까지의 사연을 떠올려 나가 보노라면 내가 이곳에 기류寄留하기까지의 삶의 하고 많은 곡절과 매한가지려니 하는 생각에 다다르게 된다. 그리하여 그 들풀들이나 나의, 똑같은 존재의 신비에 놀라게 되고 또 그것들과 나와의 만남의 신비에 일종의 경건한 마음까지 든다.

실상 조금만 마음을 순수하게 하고 우리의 삶의 둘레를 살펴보면 존재, 즉 사물事物과 사상事象과 사리事理들이 신비스럽지 않은 게 없다. 하늘에 태양이 빛나고 있는 것도, 새들이 날며 지저귀는 것도, 땅에 산천초목이 우거지고 짐승들이 깃들이며 바다에 물고기들이 노닐고 있는 것도, 아니 그중에도 우리 인간들이 삶의 보람을 찾으며 산다는 사실에도 새삼 놀라움과 감탄을 금할 바가 없다.

어디 그뿐인가! 제 몸에 지니고 있는 이목구비와 사지수족四肢手足 하나하나도 얼마나 놀라움인가? 손가락이 열 개인 것도, 그 관절이 셋이 있어 자유롭게 쥐고 펼 수 있다는 사실도 그 얼마나 감격인가?

흔히들 사람들은 이 손에다 많은 돈을 쥐려고 하고 또 값비싼 보석을 장식하려고 생각하지만 실은 그 손에 쥐어지는 돈이나 보석보다 그것을 쥐는 손의 소중함이나 감사함을 모른다. 즉 이 손이 붓을 잡아야 글씨를 쓰고 그림을 그리고, 이 손이 바늘을 쥐어야 재봉을 하고, 이 손이 도마와 칼을 잡아야 요리를 만들고, 이 손이 괭이와 삽을 잡아야 야채와 곡식을 가꾸고, 이 손이 망치와 톱을 쥐어야 집과 기계를 만들어내는 것이다.

이러한 존재의 신비성에 대한 경이와 감복을 기독교적 입장에서 표현한 나의 시 하나를 소개하면,

영혼의 눈에 끼었던
무명無明의 백태가 벗겨지며
나를 에워싼 만유일체가
말씀임을 깨닫습니다.

노상 무심히 보아 오던
손가락이 열 개인 것도
이적異蹟에나 접하듯
새삼 놀라웁고

창밖 울타리 한구석
새로 피는 개나리꽃도
부활의 시범示範을 보듯
사뭇 황홀합니다.

창창한 우주, 허막虛漠의 바다에
모래알보다도 작은 내가
말씀의 신령한 그 은혜로
이렇게 오물거리고 있음을

상상도 아니요, 상징도 아닌
실상實相으로 깨닫습니다.

- <말씀의 실상>

라고 되어 있다. 이것은 내가 이제 회귀回歸에 든 연륜과 더불어
존재의 비의秘義에 눈떠 가는 표백일 뿐이지만 실은 앞에서도
말했듯이 조금만 마음을 순수하게 하고, 즉 탐욕에서 벗어나면
온통 이 세계가 신비 속에, 그 신령한 힘 속에 감싸여 있음을 알
고 느낄 수가 있다 하겠다.

이렇게 볼 때 여의도 어떤 종교 집회 때 공중에 십자가가 나
타났다고 야단들이고 또 기독교 각 교파들을 비롯해 각 종교단
체들이 이적異蹟을 행하고 또 이것을 체험하려고 열을 올리지
만, 또 이것을 비난할 바는 못 되지만, 오직 그것이 청순한 마음
에서 우러나와야지 감각적 욕구에 치우쳐 있다면 역시 그것은
오늘의 물질주의와 더불은 현상이라고 말하겠다.

왜냐하면 '나자렛 예수'가 친히 말하듯 '마음이 청순한 사람'

은 만물과 그 일체 현상에서 이적보다도 더욱 확연히 하느님과
그 신령한 힘을 넉넉히 보고도 남겠기 때문이다.

참된 휴머니즘

"우리 이제부터 한번 인간적으로 사귀어 봅시다."

공용족公用族과 사용족社用族의 이른바 사바사바 술좌석이 제법 어울려 가다 야합에 이르는 첫 신호다.

현대를 휴머니즘의 시대라고들 한다. 그리고 말끝마다 인간 존중을 내세운다.

그러나 오늘날 '인간적'이라는 간판 아래 그 얼마나 인간의 죄악이 묵인되고, 방치되고, 타협하고, 동정하고, 발호하고 있는 것일까? 인간이란 명목 아래 선악의 가치 판단이 분간되지 않고 당위 의식이 마비되어 있는 것이 오늘이라 하겠다. 그래서 악의 의지를 거부도 부정도 못하는 해괴한 휴머니즘이 통용되고 있다.

이러한 인간 선악의 혼동과 도치 상태를 추구한 근대문학의 대표 작품이 바로 저 도스토예프스키의 《죄와 벌》로서 주인공 라스콜리니코프는, 나폴레옹처럼 선택된 강자는 인류 행복을 위하여 사회적 도덕률을 무시하고 그 위에 설 권리를 지닌다는 이론 위에서 인간 해충이라고 여겨지는 고리대금업자 노파를 도끼로 쳐죽이고서도 죄의식을 느끼지 않으려고 한다.

그러나 결국 양심의 가책 속에서 창녀 소냐를 만난 그는 불우한 환경 속에서도 자기희생을 해나가는 그녀의 삶의 모습에 감동해 마침내 자수를 하게 된다. 즉, 그의 인간 양심을 거스른 사상적 살인은 실패로 돌아가게 된다.

이렇게 볼 때 죄나 악을 인간적이라고 해서 용납하고 부정하지 않는 것은 인간의 본래적 양심이 마비된 바로 그 인간성의 상실을 의미한다고 하겠다.

흔히 우리가 입에 담는 휴머니즘의 유래나 모습을 한마디로 말하기는 곤란하지만 대체로 공통된 것은 인간의 생명, 인간의 가치, 인간의 교양, 인간의 창조력 등을 존중하고 이를 지키고 풍성하게 하려는 정신임에 틀림없다.

그런데 그 휴머니즘의 오늘의 현상을 보면 인간의 무력과 악함과 병폐와 파탄을 변호하고 비호하고 이를 합리화하려는 성향으로 변질되어 가고 있는 느낌이다.

또 그렇게까지는 아니더라도 그 휴머니즘이 지니는 인간애 자체가 마치 영화관에서 어떤 장면을 보고 눈물을 펑펑 흘리다 가도 한 발자국 나서면 깨끗이 잊듯 센티멘탈한 일시적 공감에 머문다든가, 그렇지 않으면 어떤 관념적 태도만으로 마치 물에 빠진 사람을 보고서 안됐다고 생각은 하면서도 보고만 있듯이, 비인간적 현실과의 대립에는 무력한 자기나 남을 우리는 일상 속에서 보고 또 체험한다.

결국 휴머니즘이 참되게 발동되기에는 인간의 선의, 그것만 이 아니라 이를 지탱하는 사상과 행동이 요구된다. 여기서의 사상과 행동이란 관념적인 것이 아니라 실생활에서의 실감과 이의 실천행實踐行이다.

여기서 생각나는 것은 2차 세계대전 중 나치 독일 하에서 반전 운동을 벌이다가 희생된 오누이 학생을 그린 〈흰 장미〉다. 그것 은 주인공들의 맏누이가 쓴 기록으로 그 첫머리에

"저들은 무엇을 하였는가? 어떤 사람들은 저들을 비웃고 죽음에 매질을 가하기도 했고, 어떤 이들은 저들을 '자유의 영웅'이라고 찬양도 한다.
그러나 저들은 과연 영웅이라고 불려야 할까? 저들은 아무것 도 초인적인 것을 하려 들었던 것이 아니요, 오직 어떤 단순한 것을 지킨 것밖에 없다. (…중략…) 저들은 어떤 비범한 이념

에 몸을 바친 것도 아니요, 위대한 목표를 추구한 것도 아니다. 오직 저들이 바랐던 것은 나나 당신네나 함께 인간적 세계에 살고자 하였던 것뿐이다."

라고 되어 있고, 또한 그 책 중 저들 남매에게 철학을 지도하였고 함께 처형도 된 쿠르트 후버 교수가 남긴 메모에는,

"내가 독일 국민으로, 독일 대학의 교수로, 또한 정치적 인간으로서 권리만이 아니라 도의적 의무로 여기지 않을 수 없는 것은 독일 공동체 형성에 협력하는 것이요, 또 그것을 위하여 명백한 장해가 되는 것과 싸우는 것이다. 그리고 나의 목적한 바는 학생층의 각성이었는데, 조직에 의한 것이 아니라 오직 소박한 말을 통하여 폭력 행위에 의하지 않고 정치에 현존하는 중대한 장해에 대한 도의적 인식을 시키는 것이었다."

라고 적혀 있다.

이상의 기록에서 우리의 젊은 지성들도 현대 휴머니즘의 참된 모습을 보고 배울 수 있으리라고 생각한다.

명인·명품들의 여향餘香

청전 댁 인심

청전靑田 이상범李象範 선생은 1·4후퇴 피난살이를 대구서 하셨다. 그래서 내가 주재하고 있던 국방부 기관지 〈승리일보〉가 함께 쓰고 있는 〈영남일보〉엘 사흘도리로 들르셨다. 그것은 전황도 궁금해서려니와 내 방은 거의 피난 문화예술인들의 집회소였기 때문이다.

선생은 성품이 쇄탈하여서 그 전란의 암울 속에서도 사람들을 만나면 격조 높은 해학으로 모두를 웃기셨다. 이러한 선생과 스스럼이 없어져 나는 어느 날 술병을 차고 그 댁까지 찾아간 일이 있었다. 그런데 그때가 아마 장마철이었던지 돌아올 때 우산을 놓고 왔다. 그 며칠 후 이번엔 행길에서 소나기를 만났는데 선생님 댁이 그리 멀지 않기에 그곳으로 뛰어갔다.

마침 선생은 출타하시고 마나님께서는 부엌에서 저녁을 지으시는 모양인데, 현관에는 우산이 있으나 둘이 놓여 있었고 어떤 것이 내 것인지 분간이 안 되었다.

"사모님! 두고 갔던 우산을 받고 갈 참인데 둘이니 어떤 것인지 알 수가 있어야지요."

나는 올라가지도 않고 안쪽을 향하여 소리쳤더니,

"거기 아무것이나 하나 받고 가세요."

마나님의 응답이시다. 부인은 나의 얼굴이나 음성을 기억하리만큼 숙친치도 않고 내가 우산을 갖다 놓았는지 또 놓은 자인지 아실 리가 없었다.

오직 청전 화백을 찾아온 손이니 우산을 가지고 가도 그만, 그것이 바뀐대도 그만이 아니냐고 믿고 또 그렇게 행하시는 모양이다.

나는 그 말을 듣고 하도 감격스러워 한참 감전된 사람 모양 움직이질 못했다. 물건 흔하고 태평스러운 요새 세상 인심으로 치자면 그리 대수롭지 않게 들릴지 모르지만, 그 각박하고 불신 투성이였던 전란 속에서는 마치 사막의 샘 같은 추억이어서 이렇게 여기에 적는 것이다.

나는 그날 제 딴엔 상한 우산을 골라 쓰고 왔다. 그러나 지금 생각하면 얼마나 못나고 모자라는 짓을 했느냐 하는 느낌이다. 청전 선생 부인의 경지에서 보면 말이다.

이당의 <신선도>

우리 집 내실에는 이당以堂 김은호金殷鎬 선생의 〈신선도神仙圖〉가 한 폭 걸려 있다. 이 그림을 내가 갖게 된 유래를 적어 보면, 그러니까 1970년대 초반 내가 약 4년 미국 하와이대학에 초빙교수로 가 있을 때 선생이 호놀룰루에 두 번이나 다녀가신 일이 있다. 지금은 뉴저지로 가서 살고 있는 아드님 성원 군의 신접살림을 살펴보러 오신 것이었다.

그래서 외국에 말벗도 없고 하니 나를 가끔 찾아 주셨는데 언젠가는 선생께서 "아이의 생활터전을 잡아 주기 위해 여기서 전람회를 한번 해보고 싶으니 주선을 좀 해보라"는 의논이셨다. 나 역시 겨우 강의나 꾸려 나갈 뿐 생소하기 짝이 없는 고장이었으나 우연히 알게 된 일본계의 유력자 조지 야마모토 씨를 통해 그곳 유지 5, 6명을 내 교수 사택에 청해 다과를 베풀고 이일을 거론하여 보았다.

결과만을 말하면 그림의 가격 문제로, 이당 선생은 한국 대표작가로서의 체통상 10호 크기 한 점에 1천 달러(당시 환율은 360대

1)는 받아야 하는데 그곳 실정으로는 2백~3백 달러도 힘드는 형편이라 그만 전람회는 단념하고 말았다.

그러나 이러저러한 나의 조그만 친절이랄까, 후진으로서의 섬김이랄까를 선생은 가상하게 여기셨던지 그 객지에서 저 〈신선도〉를 그려 나에게 주셨던 것이다. 그래서 이 그림은 당초엔 낙관이 없었다.

그런데 선생이 별세하시기 바로 전해, 나는 어느 날 서류 상자 등을 정리하다가 이 그림이 눈에 띄기에 표구나 해둬야지 하고 그날 저녁 외출길에 단골인 인사동 문화당文華堂에 들고 나가 막 맡기고 있는 참인데, 선생께서 홀로 행길로 어슬렁어슬렁 걸어가시는 게 아닌가! 뛰어나가 선생께 이 기우奇遇를 말씀드렸더니 그 길로 자기 집엘 가자는 말씀이었다.

그렇게 해서 낙관마저 갖춰진 이 그림을 바라볼 때마다 화제畵題대로 노여적송老如赤松하던 선생의 모습을 떠올리게도 되고, 또 나 역시 저처럼 드맑은 늙음을 염원하게도 된다.

예술인의 자세

1970년대와 1980년대의 예술인의 자세가 따로 있을 리 없고, 또 나 자신이 예술에 대한 정혼精魂의 결핍 속에 있을 뿐 아니라 생활 자체도 R. M. 릴케가 말하는 바 "그 필연성에 따라 수립" 되어 있지 못하기 때문에 무엇을 외치고 나설 형편이 아니지만, 편집자의 요청에다 맞추어 스스로가 성찰하고 다짐하는 바 오늘날 우리 예술인들이 지녀야 할 안팎의 자세에 대해서 나 나름 대로의 소견을 펼쳐 볼까 한다.

이즈막 어느 지면에서 주워 읽은 것인데 현재는 미국에 망명 중인 솔제니친이 노벨상을 받고 그 수상 연설로 준비했던 글 중에,

도스토옙스키는 수수께끼 같은 말을 던진 일이 있다. 즉, '아름다움이 이 세상을 건지리라'고. 실상 깊은 진리를 추구하고

이를 하나의 살아 있는 힘으로 우리에게 보여 주는 예술 작품
은 조작된 정치선전이나 교묘한 사상 체제 따위와는 달리 우
리를 사로잡고 압도한다. 왜냐하면 그것은 그 자체 안에 자신
의 증거를 가지고 있기 때문이다. 그래서 하나로 합쳐서 자라
야 할 진선미眞善美라는 세 나무 중 너무 드러나고 곧은 진과
선의 줄기가 눌리고 잘리고 질식된다면 그때는 아마 뜻밖의
놀라운 일이 벌어질 것이다. 미美란 나무가 세차게 가지를 뻗
어 세 나무가 합쳐서 자라야 했을 바로 그 자리에 우거져 세
나무의 몫을 혼자서 다 해낼 것이다.

라는 구절이 있다. 이 말은 물론 공산주의라는 정치이념의 독재
속에서 모든 사상이나 종교가 말살당하고 오직 그래도 남은 예
술이 미에 대한 추구뿐 아니라 진선眞善의 몫까지 다할 것이라
는 소련 상황 내에서의 이야기다.

그런데도 불구하고 나에게 저 말이 자유세계인 한국, 특히 민
주적 정치발전의 서광이 보인다는 1980년, 이 시점에서 절실히
들려오는 것은 웬일일까?

그것은 다름이 아니라 저 공산주의와 같은 이념의 질식은 없
지만 이 사회에도 물질주의와 기술주의와 이기주의의 만연과
풍미로 진선의 두 나무는 마비되고, 마지막 양심이어야 할 미라
는 나무도 저 황금의 우상에게 알게 모르게 굴복하고 있기 때문

이라 하겠다.

여기서 마지막 양심이란 표현은 개인적인 것이 아니라 유의식類意識이나 공동선에 대한 의지나 행동의 투철을 의미하여서, 이와 반대되는 아주 손쉬운 예로는 자기 아닌 이웃의 불행이나 비참을 그 인간의 생활 능력의 부실이나 그 자신의 운명으로 돌리든가 하는 것 따위다.

가령 길가에 쓰러져 있는 걸인의 비참이나 저 감옥 속에서 형벌을 받고 있는 죄수의 고통이 우리 예술이나 예술가들에게는 무관한 것이요, 단절된 것이라고 생각하거나 그것은 오직 정치가나 자선사업가들의 소관이라고 여긴다면, 그런 예술가에게서는 예술을 위한 예술, 즉 오락이나 유희의 예술밖에 나올 것이 없을 것이다.

말하자면 오늘날 우리 모두가 겪고 있는 천차만별의 인간 현실이 서로 분리된 것이 아니요, 형이하形而下의 것이나 형이상形而上의 것이나 인간의 행불행이 다같이 우리의 공동운명과 연결되어 있다는 자각만이 예술의 핍진성逼眞性을 발휘케 하며 그 감상자들을 사로잡을 것이다.

그래서 우리는 20세기의 교부적 철학자인 자크 마리탱의 "예술은 인간의 비참 속에 파고들어가면 갈수록 예술가에게 덕성을 요구한다"는 교훈을 깊이 음미해야 한다고 나는 생각한다.

저러한 내적인 전제를 앞세우고 다음은 우리 예술인의 외적 자세 문제인데, 요는 예술인 각자의 개인적 품성보다 사회적 품격이 일반 시정인들이나 사회적 공인들의 생각이나 행세와 똑같거나 그보다도 못할 때 비록 훌륭한(?) 작품을 만들어냈다 해도 일반인들에게 그 작품 자체가 사랑과 존경을 받겠느냐 하는 이야기다.

가령 오늘의 어떤 시인이 만해 한용운보다도 찬란한 언어와 능란한 솜씨로 훨씬 애국적인 시를 만들어냈다 해도 그의 실제 행동이 비어 있을 때 과연 그 메시지가 독자들에게 감동을 주고 먹혀들어갈 것인가 하면 이는 천만에 말씀인 것이다.

이것을 시에서는 언령言靈이라고 해서 말이 생명을 지니기에는 그 말을 지탱하는 내면적 진실, 즉 그 말이 지니는 등가량等價量의 윤리적 의지와 그 체험을 필요로 한다.

이야기의 줄거리로 다시 돌아가, 오늘날 예술가란 이미지가 풍류인이나 현실생활의 무능력자로 보이는 것은 오히려 그래도 애교인 편이지만, 예술가라는 것이 시류에는 원숭이가 줄을 타듯 바꿔 타고, 권력이나 금력 앞에서는 강아지처럼 꼬리를 치고, 시장의 얌생이꾼들이나 약 광고보다도 더 염치없고 허황스러운 자기선전을 하는 자들이 창궐하고 있다면 나의 과언일까?

더욱이 예술인들의 단체라는 것이 거의 두셋으로 쪼개져 있거나 파벌로 갈려 있어 때마다 소란을 피우고, 또 감투 같은 세속적 명예에는 가장 초연하다고 스스로가 모두 입 담으면서도 노상 선거 때면 추문을 남겨 사회의 빈축을 사고 있으니, 그런 우리가 정치적·사회적 파벌을 개탄하며 민족의 단합을 외칠 수 있으며, 외쳤다 한들 누가 믿어 주겠느냐는 말이다.

물론 이것은 내가 우리 예술인들에게 개인 생활에 있어서나 사회생활에 있어서 도학자적道學者的인 윤리 생활을 요구하거나 국민 지도자적인 품격을 요청하는 것이 아니라, 도리어 이러한 물질만능과 기술주의 시대의 각박한 세상살이 속에서 우리 예술인들이야말로 진정한 선비정신이나 풍류를 지니고 쇄락과 탈속의 모습을 보여 주고 싶은 것이다.

세상에서는 가장 아름답고 멋진 것을 보면 아직도 '그것은 예술적이다'라고 한다. 우리 예술인들은 이런 영예를 더하지는 못하더라도 추한 행동으로 더럽히지 말자는 것이다.

오늘 이 시대, 우리의 현실처럼 위대한 예술과 참된 예술가가 요구되는 때도 없다. 이 민족의 대전환기를 맞아서 그 시련을 이겨 나갈 수 있는 예지를 촉발하고 물질만능과 기술주의의 해독으로 만신창이가 된 우리의 심혼心魂을 치유하고 다시 불

러 일으킬, 그야말로 진선미의 세 몫을 함께하는 예술의 나무가
이 땅에 우거져야 할 때다.

그러기 위해서 지녀야 할 우리 문학의 안팎 자세를 역시 앞서
내세운 솔제니친의 말로 줄이면 "그 자체(작품) 안에 자신의 증거
를 담은" 예술과 예술인이 되어야 할 것이다.

정신적 고려장

나의 이름 옆에는 시인이라는 호칭과 더불어 예술원 회원이라는 게 덧붙어 있다. 명실공히 그 말석을 차지하고 있는 나지만 나는 이것을 몹시 영광스럽게 여기고, 또 그렇게 여기려고 노력해 왔다. 왜 군이 노력까지 했느냐 하면 얼마 전 어느 신문의 만화가 풍자하다시피, 이번 그 변혁안이 보도되기까지는 일반에게 학·예술원이라는 기관이 어떤 성격의 기구인지는 고사하고 국가기관인지, 민간단체인지조차 구별 못 하는 정도의 인식밖에 없었다.

그래서 나는 산문을 쓸 때나 명함 같은 것에 즐겨 예술원 회원을 내세우고 또 가령 가족들이 나의 현실적 부실을 치켜들 때도 "시인이 예술원 회원까지 되어 국가적 예우를 받았으면 그만이지 더 이상 바랄 것이 무엇인가"라고 방패막이를 하곤 했다.

이상이 나의 예술원 회원으로서의 자시自恃의 전부이며, 또한 선배와 동료, 학·예술원 회원들의 생각도 별로 이에서 멀지 않을 것으로 안다.

그런데 이번 학·예술원 변혁안의 핵심은 저러한 예우적 성격을 탈피해서 기능적 기구로 개조한다는 것인데, 한마디로 말해 그러한 학·예술의 진작을 위한 기능적 기구라면 인문과학에는 정신문화연구원, 사회과학에는 개발원, 자연과학에는 과학기술원과 같은 학술기관이 있으며 예술에도 문예진흥원이란 기관이 있지 않은가? 그리고 현실적 정책에 대한 지혜를 빌리려면 문교부나 문공부에 정책자문위원회가 설치되어 있지 않은가?

어느 나라나 아카데미는 학문과 예술의 원로나 권위들로 구성해서 우선 그 나라 문화의 상징으로 삼고 있는 것이 상식이요, 또 이들을 예우하는 것은 저들의 학문적 업적이나 예술적 소산이 영속적으로 모든 국민의 공동 소유가 되기 때문이다.

그런데 저러한 원로나 권위들의 연령을 제한하고 아직도 학문이나 예술에 끝까지의 헌신이나 그 업적이 미지수인 중견 학자나 예술인들까지를 구태여 아카데미 회원으로 끌어들여야 할 목적이나 그 이유는 무엇인가?

물론 변혁안이 지적하듯 이제까지의 학·예술원의 공적 활동이 지극히 소극적이었음을 부인할 수 없다. 그리고 말하자면 프랑스 아카데미의 국어순화운동 같은 것을 그 기능의 모범으로 쳐드는데, 우리 예술원에서도 회원 간에 그런 의욕이 없었던 것은 아니다. 거기에는 언제나 그런 전문 연구 기구를 산하에 둘 만한 예산이 문제였다.

한편 각 회원들의 전공 부문에서의 개인적 활동의 경우, 내가 속한 예술회원들만을 보아도 아주 병중에 있는 분을 제외하곤 거의가 노후는커녕 각 분야에서 왕성한 성과를 올리고 있다.

그래서 지난 14일 임시총회에서 만난 학·예술원 회원 간에는 "정신적 고려장을 당하게 되었다"는 자조 섞인 농담들이 오고 갔다. 그 격난의 세월 속에서 오늘의 학문과 예술을 개척하고 이룩하고 키워 온 저들에게 우대책은 고사하고 정신적 생매장을 무엇 때문에 하려는지 솔직히 말해 나는 아무리 생각해도 알 수가 없다.

나의 친구 이야기

3부

이중섭의 인품과 예술

- 이중섭 20주기에 즈음하여 -

중섭은 눌변이었지만 독특한 화법을 지니고 있었다. 가령 정다운 친구들이 서로 사리를 따지는 것을 보면 "여보시! 다 알지 않슴마?(여보시오! 다 알고 있지 않소?)" 하고 가로막았다.

그는 실로 직관과 직정直情으로 사물을 파악하고 행동하고 있었으므로 우정에 있어서도 이심전심만이 그의 영토였다.

그리고 그는 대체로 자신이나 남의 내면적 고민을 노출하는 것을 꺼렸다. 더러 친구들이 작품이 안 되어서 안타깝다고 토로하면 "응, 내가 대(가르쳐) 줄게!" 하며 히죽히죽 웃었다. 또 친구들이 그의 작품을 칭찬이라도 할 양이면 "임자가 대주고선 뭘 그래?" 하고 가볍게 농으로 흘려 버렸다.

특히 중섭은 항상 자기 작품을 가짜라고 말했다. 전람회장에서 어느 특지가特志家가 나타나 빨간 딱지를 붙이게 되면 친구들에게는 귓속말로 "잘해, 잘해, 또 한 사람 업어넘겼어(속였어)!" 하고는 상대방에게 가서는 아주 정중하게 "이거, 아직 공부가 덜 된 것입니다. 앞으로 진짜 좋은 작품 만들어 선생님이 지금 가지신 것과 꼭 바꿔 드리렵니다." 이렇듯 언제나 교환권(?)을 첨부하였다.

결과적으로 부도(?)가 났지만 이것은 결코 그의 빈말이 아니라 그렇듯 자기의 현재 작품에 대한 불만과 함께 장래 할 대성大成에 대해서 자신을 가지고 있었다.

중섭에게 있어 그림은 그의 생존과 생활과 생애의 전부였다. 아니 그의 죽음까지도 그림에 대한 순도殉道였다. 그가 한 생전 취직이란 원산여자사범 미술교사 2주였는데, "무엇을 어떻게 가르쳐야 할는지 도저히 궁리가 안 나서" 우물쭈물 끝내버리던 것을 당시의 동직同職이었던 내가 목격한 바다.

이러한 그에게 부닥친 해방 조국의 현실이란 여러모로 너무나 각박한 것이었다. 공산당 지배 하의 북한에서 예술인에 대한 강압과 특히 일본인을 아내로 삼고 있는 사회적 백안시 속에 온갖 고초를 겪으면서 그래도 1·4후퇴로 월남하기 전까지는 해방 후 몰수는 되었지만, 원산서 굴지의 자산가이던 백씨 중석仲錫과 특히 그때까지도 생존하였던 자당의 비호로 최저의 생활을 공급받으며 그림을 그릴 수 있었으나, 맨손으로 부인과 두 어린것을 데리고 피난지 부산에 떨어진 중섭에게는 그야말로 그날부터가 문자 그대로 암담하였다.

하기야 자력으로 생계를 개척해 본다고 부두에 나가 날품팔이도 안 해본 것은 아니지만 그것이 지탱될 리 만무였고, 친척이나 친지들의 도움도 없었던 것은 아니지만 누구나가 그날그날 사는 데 허덕이고 있는 판이라 한계가 뻔했다.

그래서 호구나 거처에 아무 마련도 없고 능력도 없이 죽기까지 6년간 그는 어쩌면 용케도 버텼다는 느낌마저 든다. 아니 중섭의 그 타고난 천재적 자질과 심신의 강인성이 아니었다면 그 곡경曲境 속에서 목숨의 부지는 둘째로 하고, 우리가 사랑하고 우러르는 그림을 그려 남긴다는 것은 어림도 없는 노릇이다.

중섭은 참으로 놀랍게도 그 참혹 속에서 그림을 그려 남겼다. 판잣집 골방에 시루의 콩나물처럼 끼어 살면서도 그렸고, 부두에서 짐을 부리다 쉬는 참에도 그렸고, 다방 한구석에 웅크리고 앉아서도 그렸고, 대폿집 목로판에서도 그렸고, 캔버스나 스케치북이 없으니 합판이나 맨종이, 담뱃갑 은지에다 그렸고, 물감과 붓이 없으니 연필이나 못으로 그렸고, 잘 곳과 먹을 곳이 없어도 그렸고, 외로워도 슬퍼도 그렸고, 부산·제주도·통영·진주·대구·서울 등을 표랑전전漂浪轉轉하면서도 그저 그리고 또 그렸다.

그래서 유화·수채화·크로키·데생·에스키스 등 약 2백 점, 은
지화 약 3백 점이 이 남한 땅에도 남아 현대미술가, 아니 전체
예술가 중에서도 가장 민중에게 사랑받는 이중섭의 세계를 이
루고 있으니 이 어찌 놀랍다 아니하랴.

그러나 저러한 현실에 처해 있던 당사자로서의 중섭에게는
그 밑도 끝도 없는 유리걸식流離乞食 같은 생활도 참기 어려웠지
만 자기 그림의 완성에 대한 불타는 의욕과 초조가 더욱 항상
그를 괴롭혔다. 결국 그래서 택한 것이 만부득이 귀환선으로 일
본에 가 있는 처자들 곁으로 가는 길이었다.

"내 그림 좀 그려 올게. 내가 보고 겪은 대로 이 피눈물 나는
우리 고장의 소재를 가지고 말이야! 동경 가서 그려 올게. 큰 캔
버스에다 마음껏 물감을 바르고 문질러서 그림다운 그림을 그
려 올게. 상! 내가 남덕(그의 부인의 한국 이름)이 보구 싶어서 가려
는 줄 오해 마! 내 방 하나 따로 구해 놓으라고 편지 했어! 임
자 알았음마?"

이렇게 뇌고 또 뇌었는데 이미 그의 표백에서도 간취되듯이
그의 일본행 결심 속에는 남으로서는 상상할 수 없는 심각한 내
면의 자기 갈등과 고민이 있었던 것이다. 이것은 바로 그를 죽
음에 이르게까지 하는 것이었다.

좀 설명을 덧붙이자면 그는 전화戰禍의 조국과 그 속에서 허

덕이는 이웃들을 등지고 저 혼자서만 전후 재빨리 부흥과 안정을 얻은 일본으로 막말로 먹을 것과 처자식을 찾아 떠난다는 것은 그의 예민한 양심으로 도저히 못할 짓으로서 자기를 스스로가 용서할 수 없었다. 오직 그림을, 그것도 조국의 현실을 제재題材로 삼아 그려 가지고 돌아온다는 그 조건 하에서 내심의 자기 허락을 했던 것이다.

이것은 결코 그의 마음의 일시적 감상이나 도호塗糊나 합리화가 아니었던 것으로 1953년 그는 이미 한 번 해운공사의 선원증을 얻어 동경행에 성공한 일이 있었으며, 그때 그를 아는 이들은 누구나 다행스럽게 생각했었는데, 어처구니없게도 2주 만에 덜렁덜렁 돌아왔던 것이다.

그리고 앞서 그의 말에 동경엔 처자식하고 살러 가는 것이 아니고 그림을 그리러 가는 것이니 방을 따로 얻어 혼자 살겠다고 한 것은 남덕 부인과 여러 차례의 편지 협의 끝에 실제로 방을 하나 얻어 놓았었다는 것을 내가 당시 부인의 글발에서도 보았고 후일 부인으로부터 직접 듣기도 하였던 사실이다.

그런데 중섭의 마지막 일루의 희망이던 일본행이 그만 좌절을 보고 말았다. 그 자초지종은 다른 기회에 밝히기로 하고 그가 당시 대구에 있는 나에게 와서 발병하고 난 시초, 그의 심신의 증상은 이렇게 나타났다.

"나는 세상을 속였어! 그림을 그린답시고 공밥을 얻어먹고 놀고 다니며 훗날 무엇이 될 것처럼 말이야."

"남들은 세상과 자기를 위하여 저렇듯 열심히 봉사하고 바쁘게 돌아가는데 나는 그림만 신줏단지처럼 모시고 다니며 이게 무슨 짓이야?"

"내가 동경에 그림 그리러 간다는 건 거짓말이었어! 남덕이와 애들이 보구 싶어서 그랬지."

중섭은 그날부터 일체 음식을 거절하였고 병원에 드러누웠다가도 외부에서 자동차나 사람들의 소리가 크게 들려오면, 그의 말대로 세상이 열심히 활동하는 기척만 들리면 벌떡 일어나서 비를 들고 2층서부터 아래층 변소에 이르기까지 쓸고 걸레로 닦고 어떤 때는 밖에 나가 길에 노는 아이들을 끌고 와서는 세면장에서 얼굴과 손발을 씻어 주며, 이제부터는 자기도 세상에 봉사를 좀 해봐야 되겠다는 것이었다. 그리고 한편 동경행 계획은 처자에게 향한 개인적 욕망이었으니 그때까지 한 주일도 거르지 않던 가족과의 교신을 단절할 뿐 아니라 그 후도 연달아 온 부인의 서한을 아무리 전해 주어도 개봉을 않고 나에게 돌려주며 반송해 달라는 것이었다.

이 두 자학 증세 중 하나인 음식 거부의 이유에 대해서는 좀 설명을 덧붙여야 이해가 잘 될 것 같다.

중섭은 평양에서 얼마 떨어지지 않은 평원군의 부농의 막내로 태어나 앞서도 언급했지만 그의 형이 그 자산을 원산으로 옮겨다 사업에 투자하여 더욱 크게 성공했었으므로 해방 전까지는 의식주 그리운 줄 모르고 살았을 뿐 아니라 언제나 물질적으로도 베푸는 처지에 있었으며, 해방 후에도 1·4후퇴까지는 남에게 손벌려 보지는 못하고 지냈었다.

　그러던 것이 월남한 그날부터 어쨌거나 남의 신세, 남의 덕, 남의 호의에 얹히고 기대서 생활해야 했고 또 실지 그랬으므로 그가 데데하게 우는 소리나 내색은 안 했지만 그의 내면에선 얼마나 크게 '에고'가 상하고 자기혐오와 열등감에 휩싸여 지냈을 것인가 상상하고도 남음이 있다.

　실상 그는 곤경 속에서 아무리 친한 벗들의 신세를 지면서도 결코 치근댄다거나 무리하게 강청해 보는 일이란 절대 없었으며, 또 친숙한 처지 이외에 어떤 사회 인사가 동정을 하여 그의 후원을 제의하고 나서도 거기에 응하지 않았다. 실제 그에 대한 후원 제안은 진주나 통영에서 있었던 일로서 오히려 그 자신이 이를 거절하느라고 땀을 뺀 사실을 나는 알고 있다. 그렇지만 그는 그의 현실적 불행을 남에게 돌리고, 세상이나 사회를 저주하는 것이 아니라 자기의 무능과 무력과 불성실로 돌리고 자책으로 나아간 것이다.

"나는 세상을 속였어! 그림을 그린답시고 공밥을 얻어먹고 놀고 다니며 훗날 무엇이 될 것처럼 말이야."

그가 심신의 막다른 피로와 절망 속에서 쓰러졌을 때 나온 이 말의 배경에는 그의 저러한 말 못 할 고통이 스며 있었고, 또 그래서 그 결론으로 식음을 전폐하는 결단에 나아간 것이다.

자학이라면 무서운 자학이요, 도전이라면 무서운 도전이었다. 막말로 하면 그림으론 세상이 먹여 주지 않으니 안 먹겠다는 것이요, 이 현실엔 그림은 소용없으니 안 그린다는 것이요, 이러한 자기 예술에 대한 순도에는 처자도 불가침이라는 것이다. 우리는 이것을 병적이었다고밖에 달리 표현 못 하지만, 이를 결행한 그에게 있어서는 정연한 이로理路와 완강한 자기 진실이 아닐 수 없었고 또 외길밖에 없는 선택이었다.

그가 대구에서 서울로 옮겨서나 이 병원 저 병원에서 죽기까지 일 년 동안 기복의 차는 있었지만, 그의 병 치료란 주로 그를 붙잡아매고 목구멍에 고무줄을 넣어 우유나 주스 등을 먹이는 것이었다면 저간 소식이 짐작이 갈 줄 안다.

중섭은 쾌쾌히 말해 천재로서 순수한 시심과 황소 같은 화력畵力을 지녔을 뿐 아니라 용출하는 사랑의 소유자였다. 나는 문외한이라 그의 작품이나 작기作技의 진가는 감히 언급을 피하지만 그처럼 그림과 인간이, 예술과 진실이 일치한 예술가를 내 시대에선 모른다.

그는 그와 접한 모든 인간에게 무구하고 훈훈한 애정을 분배해 주었을 뿐 아니라 그 맑고도 뜨거운 애정을 금수나 어개魚介나 초목에 이르기까지 쏟아서 그들 존재의 생동하고 어울리는 모습을 그의 불령하리만큼 힘찬 화력으로 재현시켜 놓았던 것이다.

역시 대구 시절 하루는 중섭이 빙글빙글 웃으며 예의 양담뱃갑 은지에다 파조爬彫한 그림 한 장을 내보이며,

"음화를 보여 줄게."

하였다. 참으로 음화라면 거창한 음화였다. 그 화면에 전개되고 있는 것은 위에서 말한 산천초목과 금수어개와 인간까지가, 아니 모든 생물이 혼음교접混淫交接하고 있는 광경이었다. 이는 구태여 범신론적 만유萬有나 창조주의 절대 사랑과 같은 인식의 세계가 아니라 그 자신이 만물을 사랑의 교향악으로 보는 사상의 실체였다.

또 언젠가 내가 병상에 누워 있을 땐 그는 아이들 도화지에다 큰 복숭아 속에 한 동자童子가 청개구리와 노니는 것을 그린 그림을 내놓은 적이 있다. 내가 이것은 어쩌라는 것이냐고 물었더니 그 순하디순한 표정과 말로,

"그 왜 무슨 병이든지 먹으면 낫는다는 천도복숭아 있잖아! 그걸 상이 먹구 얼른 나으라고, 요 말씀이지."

하였다. 그 덕택인지 나는 그 후 세 번이나 고질로 쓰러졌다가도 일어나서 이렇게 남루인생을 살고 있다.

중섭의 시심은 저렇듯 청징淸澄하였다. 그야말로 시와 진실이 일치하였다. 그래서 그의 그림은 너무 사연이 많고 문학적 요소가 짙다는 비평도 있으나 그의 미에 대한 시적 이데아 자체가 예로 든 것처럼 너무나 순결하고, 진실하고, 신비스럽기까지 하기 때문에 범접하여 시비할 것이 아니라고 나는 생각한다.

더욱이 그의 만년의 작품, 특히 은지화의 모티브는 거의가 가족에 대한 애절한 그리움으로 꽉 차 있어 그의 정황을 아는 사람으론 예술적 감상보다도 눈물이 앞설 지경이다.

그의 일화야 수도 없이 많지만 한 가지만 덧붙이면 앞서도 말했듯 그는 선원을 가장하여 한 2주일 처자를 만나러 일본엘 갔다온 일이 있는데 내가 그 후 만나 일본의 해방 전부터 울창했던 산림을 예찬 겸 물었더니 그는 즉답하기를

"상! 아니야, 일본의 산은 너무 숲이 빽빽해서 답답하고 나무들은 너무 하늘 높이 솟아서 인정미가 안 가! 우리 산들이 좋아! 더러 벌거벗은 게 꾸부정한 나무들이 목욕탕에서 만나는 사람

들처럼 친근감이 들어."

하는 것이 아닌가. 그의 무심한 말에 당장은 일종 예술가의 정취로 여겼으나 씹을수록 그다운 국토애가 가슴에 온다. 실상 그의 그림처럼 보편적인 예술에다 한국적인 풍토성을 짙게 갖춘 작품을 나는 모른다.

중섭의 인품을 결론지어 본다면 '천진' 바로 그것이었다. 그러나 이 낱말을 형용사로 받아들여 유치하고 바보스러운 것을 떠올려서는 그에게 합당치 않고, 또 어질고 착하기만 한 일반적 의미에 선량성을 떠올려서도 그의 사람됨과는 거리가 멀다.

왜냐하면 위의 이야기에서도 느낄 수 있듯이 그는 누구보다도 사리나 사물의 진수를 파악하고 있었고, 세상 물정이나 인정기미에도 깊은 통찰력을 지니고 있었으며, 누구보다도 강렬한 개성과 강인한 의지의 소유자였기 때문이다.

구태여 비교한다면 우리가 성자라고 부르는 인물들에게서 그의 지혜가 후천적 수양으로 이루어졌다고 생각지 않듯이, 또 그들의 선량을 성격적 온순만으로 보지 않듯이 그의 인품도 그런 범주의 것이었다. 오직 저 성자들과 중섭의 행색이 다른 것은, 진선의 수행자들은 경건하고 스토이크한 데 비해 미의 수행자인 그는 쇄락하고 유머러스하기까지 하였다고 하겠다.

중섭이 이승을 떠난 지 이달 9월 6일로서 스무 돌이 된다. 그리고 올해는 그가 생존했으면 60갑년을 맞는 해이기도 하다. 그래서라기보다 지난 5월엔 벼르고 별러서 미망인 남덕 여사가 관광편을 이용하여 참묘를 왔다 갔다.

25년 만의 유명을 달리한 상봉이라 옆에서 보기마저 가슴이 아팠지만, 한편 부인이 들려준 바로는 두 아들 태성(28)과 태현(24)은 이제 취처娶妻해서 자립들을 했고, 자신도 이제까지 아이들 양육 등 쫓기듯 하던 생활에서 풀려나 지금은 기독교 성물점에서 일하고 있다 했다. 일 자체도 취미에 맞을 뿐 아니라 오랜만에 심신의 안정을 본 셈이라는 말을 듣고는 시간과 더불어 중섭의 비극적 삶도 조금씩 아물어 가는 느낌이어서 산 사람의 간사한 마음이라 한결 위로가 되었다.

야인 김익진 선생과의
영혼놀이

김익진 선생은 자신의 아호를 "나는 만년야인萬年野人이라 그
음을 따서 지었다"고 하듯 생애를 보낸 분이라 일반에게는 알
려지지 않고 있다. 그러나 저 〈사의 찬미〉의 가수 윤심덕과 현
해탄에 몸을 던진 목포 부호의 아들 김우진의 계씨季氏라면 더
러 짐작하시는 분이 계시리라.

선생은 1906년에 나서 지난 70년 대구에서 선종善終하였다. 일
찍이 일본의 와세다대학을 거쳐 북경대학 수학 시 거기 도서관
사서였던 모택동과 만나 중국공산당에 입당한 일도 있었던 그
분은 이후 회심回心하여 귀국, 처음에는 불교에 들어가 입산참
선入山參禪하다가 1936년 마침내 가톨릭에 귀의하였으며, 자기
가 물려받은 수많은 재산을 소작인들에게 몽땅 나누어 주고 그
일부는 교회에 헌납하고서 그야말로 빈털터리로 살다가 갔다.

나는 선생이 가톨릭 신부로서 북한 공산당에게 납치되어 간 나의 형과 친교가 있어 학생 때 알게 되었다가 피난지 대구에서 다시 만나고부터 그분의 뜨겁고 분에 넘친 지우知遇를 받았다.

선생과 나는 만날 적마다 대개 술자리를 벌였다. 억병으로 마시고 떠들고 노래하고 춤추고 때로는 울고 이렇듯 소란을 떨었다. 그러나 일반적 술판과 다른 것은 하느님만이 화제와 주정의 중심이었다. 그래서 선생과 나는 우리들의 술자리를 '영혼의 놀이터'라고 불렀다. 어떤 때 우리는 선생의 선창으로 아시시 프란치스코 성인의 〈태양의 노래〉를 부르며 천주님을 찬미하였다.

내 주여! 당신은 우리의 형제
해님에게 찬미를 받으소서
내 주여! 당신은 우리의 자매
달이며 별들에게 찬미를 받으소서.
내 주여! 당신은 우리의 모친인 땅에게서 찬미를 받으소서.
내 주여! 당신은 우리의 형제인 술에게서, 이 막걸리에게서 찬미를
받으소서.
내 주여! 당신은 우리의 자매
이 놋그릇 잔에서 찬미를 받으소서.
내 주 천주여! 당신은 특별히 우리의 모주꾼 형제에게서 가장 큰

찬미를 받으소서.

이것은 물론 〈태양의 노래〉를 그 좌석에서 즉흥적으로 모작
模作하여 우리의 노래로 삼은 것이다. 그런가 하면 어떤 때는
갈멜의 큰 테레사 성녀의 말씀을 흉내내어 하느님을 원망하기
도 하였다.

천주님! 당신의 친구 대접이 겨우 이 꼬라지란 말입니까?
그래서 당신에겐 그렇듯
친구가 적단 말이에요.

하면서 밤이 새도록 '네 꼬라지', '내 꼬라지' 타령만 늘어놓았다.
이것은 테레사 성녀의 일화에 나오는 얘기다. 성녀께서 언젠
가는 나귀 수레를 타고 순례를 떠나셨는데, 시골길 개천을 건너
시다가 나귀의 한 발이 물속 돌에 미끄러져 껑충 뛰는 바람에
당대 절색絶色이요, 거룩한 동정녀童貞女는 공중잡이가 되어 도랑
에 나동그라졌다. 엉망진창이 되어 일어나면서 입에 담은 말씀
이 만고萬古의 걸작, "천주님, 당신 친구 대접이 겨우 이 꼬라지
란 말입니까?"였던 것이다.
나는 위에서 편의상 '우리'라는 표현을 썼으나 이것은 마치

내가 돈키호테의 산초 판자 모양 선생의 '영혼의 놀이'의 상대
가 되었다는 것뿐이지 이상 모든 하느님께 향한 지향과 그 찬
미 방안은 오로지 야인也人 선생의 창도唱導에 의한 것이었다.

저렇듯 선생은 나의 문둥이 같은 영신靈身 생활을 가장 이해
해 주고 즐겁게까지 해주신 분이었다.

깡패시인
박용주 형의 추억

내가 박용주朴龍珠 형의 그 명성(?)을 들은 것은 1930년대 말 일본 동경 유학 시절이었다. 당시 간다神田의 진보쵸神保町라면 대학가요 서점가였는데, 그곳에서 학생어깨인 '메이지다이明治大學의 다쯔龍' 하면 누구나 다 알아모시는 인물이었다.

운동은 만능선수이고 싸움에는 비호인데 아주 의협심이 강한 사나이라는 것이다. 물론 같은 대학생이라도 종교학을 전공하는 나에게는 거리가 먼 존재였지만 오직 그가 조센징이라는 점이 관심을 끌었지 싶다.

그러나 내가 정작 그를 만난 것은 해방 후 월남해서 1948년인가로 기억된다. 나는 그때 연합신문사 문화부장으로 있었는데, 퇴근하면 명동엘 나가 공초 오상순 선생을 모시고 술집을 가는 것이 관습으로서, '무궁원'이라는 선술집에선가 중국 상하이에서 귀국한 헨리 위魏라는 영국식 신사를 한 분 사귀게 되었다.

그는 상하이에서 영국상사에 있었다든가 하여 서구식 교양이 몸에 밴 멋쟁이였을 뿐 아니라, 내가 모시는 공초 선생을 깍듯이 존대해 주어서 자주 함께 어울렸다. 이분이 어느 날 저녁 우리 앞에 데리고 나타난 것이 바로 박용주였다. 그야말로 그 명성에 알맞은 괴이한 얼굴과 허스키 목소리의 호쾌하고 호탕한 사나이였는데, 주먹세계에서 노는 사람이라기엔 너무나 선량하고 예술 전반에 대한 식견이 풍부할 뿐 아니라 소위 문화부 기자인 나보다 예술가들과 광범위하게 사귀고 있었다.

몇 번 만나는 사이에 우리는 아주 친숙하게 되었고, 나는 피동적이었지만 서로가 말까지 트게 되었다.

그러다가 6·25가 터졌다. 그런데 그의 고향이며 내가 피난한 대구에는 종시 그가 나타나지 않았고, 1·4후퇴 때 남하한 이중섭을 부산으로 찾아갔다가 그곳에서 만나게 됐다. 자기 말에 의하면 인민군인지 빨치산엘 끌려갔었다가 탈출해 왔다는데 그것을 마치 자랑하듯 지껄이며 현재는 미군 물자 암거래상을 한다면서 주머니에서 달러 뭉치를 꺼내 보이며 돈을 물 쓰듯 썼다. 역시 그의 사교의 판도는 피난 예술가 중심으로, 중섭이나 송혜수宋惠秀 등 화가들의 술집 패잡이 노릇을 하고 있었다. 그래서 나도 여러 날 송도, 해운대 등을 끌려다니며 진탕 마시고 놀다가 돌아온 적이 있다.

　그 뒤 그가 대구엘 한번 올라온 적이 있다. 나는 부산에서 그에게 크게 향응을 받기도 한 데다 그에게 아주 매료되어 있었으므로 그가 체류하는 약 열흘간 신문사(그때 나는 국방부 기관지 승리일보사 주간이었음)만 파하면 그와 함께 저녁 시간, 아니 밤도 거의 함께 지냈다.

　그때는 나 역시 두주불사요, 객기도 한창인 때라 그와 더불어 술자리마다 온갖 난취 난동을 서로가 질세라 펼쳤는데 그는 이런 나를 하루 이틀 보더니,

　"구상은 길 잘못 들었어. 깡패 중의 깡패야!"

하길래 나는,

　"박용주도 길 잘못 들었지! 시인이나 될 것을!"

하였다. 그러다가 그가 부산엘 돌아가게 되어 작별을 하려고 묵고 있던 등선여관登仙旅館엘 갔더니 그는 나를 아랫목에 앉히고는 무릎을 꿇어 넙죽 절을 하면서 일본말로,

　"두목님! 항복했습니다."

라고 하였다. 그래서 나도 천연덕스럽게,

　"그러면 이제부터 깡패 두목은 내가 할 것이니 임자는 시인이 되게."

하였더니 그는 순순히,

"예, 분부대로 하겠습니다."

하여서 시인과 깡패를 맞바꾼 사이가 되었고, 그 후 평생 그는 나를 만나면 '오야붕(두목님)' 하고 불렀다.

말이 씨가 된달까! 휴전 다음해 이번엔 6·25 기념 시민강연을 위촉받아 또 부산엘 가게 되어서 그를 만났는데, 암거래상은 집어치웠는지 옛 호기는 가시고 날건달 생활을 하는 눈치였다.

그런데 찻집에서도 스케치북을 펼쳐놓고 열심히 그림을 그리고 있었다. 그래서 그 사생첩寫生帖을 뺏어서 이 장 저 장 들춰보니 꽤 능숙한 솜씨로 음화가 가득 그려져 있었는데, 군데군데 장에는 시편들이 적혀 있었다. 그 시편들도 발상 자체가 기발하고 시니컬해서 비범하다면 비범했다. 그래서 나는,

"대장부끼리 맺은 약속을 지켜 시를 쓴 것을 보니 가상스럽기 짝이 없네. 앞으로 좀 더 열심히 써서 시단에 정식 데뷔를 하세나."

하고 농반진반의 격려를 했다.

그리고 이 얘기를 하다 보니 이때 빼놓을 수 없는 추억이 있는데, 내가 강연을 끝마치고 그의 생활 곤경을 생각해서 주최자인 병사구 사령관에게 "강연 사례는 필요없으니 쌀 한 가마니만 준비해 달라"고 하여 그것을 차 뒤에 싣고 그를 다방으로 찾아가,

"오늘 나는 대구로 가겠는데 임자 집엘 들러서 아주머니께 인사나 하고 떠나면 싶다."

고 했다. 그래서 함께 차를 타고 초량동 산 언덕빼기에 있는 그의 셋방살이 집엘 들러서 차에 실었던 쌀을 내려 가지고 부인께 인사드리며 놓고 나왔는데, 이를 멍청히 바라보던 그는 또다시 나를 따라 차에 올라서는 그때는 오야붕이라고 부르지도 않고,

"구상! 늬 휴머니즘의 폭력 쓰지 말아!"

하고 역정을 내다시피 했다. 휴머니즘의 폭력! 이 기상천외의 조어造語는 그가 아니면 누구도 내뱉지 못할 말이다.

수복 후 한참 동안 그의 소식이 뜸했다. 전해 듣는 바로는 여전히 스케치북을 끼고 다니며 다방이나 술집에서 음화를 그려서 돌려 보이는데 그림 솜씨가 아주 놀랍다는 것이었다. 그러다가 그 언젠가는 어디서 났는지 모르나 고서화古書畫를 한 짐 가지고 올라와서는 명동 한미호텔에 묵으면서 그것을 팔면 벼락부자가 된다고 흥청댔다.

그래서 내가 "시는 안 쓰느냐!"니까 "시도 좀 썼다"면서 보이라니까 가서 부쳐 주마고 했다. 그저 나의 말에 대한 응수로만 여기고 있었는데, 얼마 후 부산서 자기가 손수 만든 시작노트 두 개를 보내왔다. 그것을 읽어 보니 앞서대로 시상詩想은 기발한데 그 형상화가 미숙하고 조잡했다. 친구끼리 글발로 시작을

지도하고 어쩌고 하는 것도 쑥스러워서 마침 그때 일본 여행을 갔다가 사온《현대시 창작법》이 있기에 보내 주었다.

그러다가 그게 1983년인가, 고향 대구로 옮긴 그가 세는 나이로 칠십이 되는 해, 서울엘 황망히 다녀가면서 나에게 시작 노트를 또 한 권 주고 갔다. 그것을 읽으니 역시 한계랄까 전체적으로 나아진 게 없지만 시편 중에는 그럴성 제재와 표상이 어울려진 것이 있길래《현대시학》신인 추천에 넣었다. 물론 그의 시의 사물에 대한 독창적 인식을 높이 사서였지만 내심 그에게 약속한 시인의 칭호를 생전에 달아 주어서 그가 죽은 뒤라도 '주먹대장'이었다는 설화만을 남게 하지 않으려는 것이 나의 심정이었다.

실제 그는 한평생 비리의 주먹을 쓴 일이 없고 더구나 주먹을 생활의 연모로나 무전취식이나 취음取飮의 무기로 삼은 바가 결코 없다. 그리고 그는 예술가라는 사람들보다 더 예술을 사랑하고 또 예술을 생활하다가 갔다. 이것은 결코 내가 그를 미화해서가 아니라 그를 아는 사람이면 다 잘 아는 사실이다. 그래서 그의 1주기에는 이윤수 사백을 비롯한 소주영·김경환·구활 등 문우들이 그가 묻힌 칠곡 청구공원묘지에다 그의 시비를 세운다니, 그의 '오야붕'인 나의 감회를 이루 어찌 형언하랴!

마해송 선생의 인품

우리나라 아동문학의 선구자요, 저 〈어린이헌장〉의 기초자인 마해송馬海松 선생의 대쪽같이 곧고 바른 인품은 세상에 널리 알려진 바다. 선생은 '어린이 위하는 마음이 곧 나라 사랑하는 마음'이라는 신조를 지니고 있었으며 "어린이를 욕하지 말고 때리지 말고 부리지 말자"고 입버릇처럼 뇌곤 하였다. 그런 해송 선생 자신이 평생 단 한 번 열다섯 난 맏아드님을 아주 호되게 매질한 사연이 있다.

내가 〈무등병 복무〉에서 언급했지만 나는 그때 선생을 고문으로 모시고 있어 나날을 함께 지내던 중, 하루는 신문사에 출근을 하니 선생이 아주 기색이 언짢아 나오셨는데 다짜고짜 우리가 사랑처럼 쓰고 있던 신문사 앞 대추나무집(막걸릿집)으로 끄셨다.

나는 아마 선생이 간밤 술이 과하셔서 아침 해장을 하시려나 보다 하고 무심히 따라 술 몇 잔을 나누는데 선생은 연방,

　"죽일 놈, 죽일 놈들!"

연발連發이시다. 그래도 그때까지 놀라지 않은 것이 이 "죽일 놈" 소리는 당시 우리의 짝패였던 공군의 노병老兵 고 이계환 대령의 입버릇으로서 세상사 눈 찌푸려지는 것을 보면 서로가 이 말을 신호처럼 사용하고 있었기 때문이다. 그래서 나는 어디까지나 가볍게,

　"뭐 나오시는 길에 고약한 꼴이라도 보셨습니까?"

하고 반문을 했으나 선생은 역시 "죽일 놈" 소리만 되풀이하시면서 보통과는 달리 노기와 역정을 품고 계셨다. 그러다가 마침내 꺼내 놓으신 사유인즉, (이하는 후일 선생이 쓰신 수필 〈너를 때리고〉를 인용한다)

　　나는 오늘 아침에 너를 때렸다. 뺨도 때리고, 다리도 때리고, 네가 두 손으로 두 눈과 얼굴을 가리고 좁은 방 이 구석, 저 구석으로 피하는 것을 따라다니며 가릴 바 없이 무지하게 때렸다. 너의 평생 15년에 처음 당하는 일이었다. (…중략…) 문제는 신문 한 장이다. 어제 오후에 네가 학교에서 돌아오니 우리 방도 비었고 안방 주인집도 비었는데 신문이 왔다. 너는 그것을 주인집 안방 장지 틈으로 넣어 두어야 할 것을 잠깐

보고 넣으리라고 생각하고 읽어 보다가 그대로 우리 방 툇마루에 놓은 채 놀러 나갔다. 그리고 오늘이 되었다는 것이 네가 흐느끼며 보고한 사실이었다.

여기서 너는 몇 가지 일을 저질렀다. 남의 신문을 말 없이 본 것이 잘못이다. 신문이라도 그것은 안 된다. 신문이라고 남에게 온 것을 말 없이 먼저 읽는 사람은 남에게 온 편지를 펴볼 수 있는 사람으로 생각할 수 있다. (…중략…)

이런 일은 요즘 세상에는 문제도 안 되는 일이요, 신문 한 장은커녕 책이건 담배건 라이터건 남의 것 내 것의 분간이 없고 내가 잘살기 위해서는 남의 몫으로 나오는 돈이나 물건까지도 홀딱 먹어 버리는 사람, 제 욕심 채우기 위해서는 남의 생명까지도 생각하지 않는 사람이 흔히 있는 세상인 만큼 신문 한 장을 가지고 이러니저러니 하는 것이 당치 않은 것 같으나 결코 그렇지 않다. (…하략…)

는 말씀이었다.

　해송 선생은 바로 저런 분이셨다. 선생은 지난 1966년 겨우 회갑을 넘기시고 이승을 뜨셨으며, 그 마종기 군은 이제 장년이 되어 우리 시단의 중견 시인이 되었으며 한편 의사로서 미국의 병원에서 일하고 있다.

한 은수자隱修者의 죽음
- 최민순 신부님 영전에서 -

부보訃報를 받고 달려가 백포를 젖히고 뵈온 당신은 빛이 검어진 탓도 있겠지만 어제까지의 그 청수하고 단아한 모습이 아니라 무서운 격투를 이겨낸 거인의 모습으로 인간적인 비통을 거부하는 느낌이었습니다.

이것은 평소 당신이 너무나 인자와 겸허로 감싸고 계셨고, 또 저는 영육간 일방적으로 위로를 받아 왔기 때문에 실상 당신이 지고 계신 십자가의 그 큰 부피나 무게에 둔한했다는 죄책감에 서였는지도 모릅니다. 하기야 신부님의 신학적 역정이나 문학적 작업을 비교적 가까이서 접해 온 제가 그 구도적 아픔과 기쁨에 전율하는 당신의 내면을 아주 짐작 못 한 바는 아닙니다.

> 접동새처럼 십자가 나무 위에 집을 짓고
> 새도록, 밤새도록 울어옙니다.

(…중략…)

피울음 울어서 날이 밝으면

십자가 나무에

꽃이 핍니다.

- 고인의 시 <접동새처럼>에서

저렇듯 당신은 격렬한 고통을 안으로 안고 영혼의 피울음을 울고 계셨고, 그래서 신비수덕神秘修德에다 자기를 집중시켰던 것입니다.

그러나 신부님의 철저한 은수자의 생애 속에서 유형으로 남기신 업적만으로도 결코 불만스러운 것이 아닙니다. 시집《님》(1955),《밤》(1963), 수필집《생명의 곡曲》(1954) 등 창작을 비롯해 당대의 명역名譯으로 꼽히는 구약성서의《시편》(1968), 단테의《신곡》(1960), 세르반테스의《돈키호테》(1960)가 있고, 그 외에도 가톨릭 신앙의 수많은 고전들이 당신의 손으로 이 땅에 소개되었습니다.

일반의 이해를 위하여 불교적 표현을 빌리면 당신은 선교쌍수禪敎雙手의 경지로서 한국 가톨릭뿐 아니라 전체 종교계·문화계에 희귀하신 존재였고, 이제 저희는 바로 그런 분을 잃은 것입니다.

신부님, 제가 이런 얘기를 늘어놓고 있으면 천상에서도 "구상은 객쩍은 소리를 한다"고 예의 독특한 표정대로 몸을 움츠리시며 손을 절레절레 흔드실 것입니다.

천상 말이 났으니 말이지 당신은 지금 당신의 지도로 영세하시고 먼저 가 계신 마해송·박진 선생님이랑 만나시어 얼마나 반갑고 즐거우십니까? 이 못난이 저의 말씀도 나누고들 계시겠지요. 그야말로 확신 속의 죽음이기에 누리는 그 신비 속의 그 평안, 어쩌면 부럽기마저 합니다.

이제 갈 것은 모조리 가고 남은 것 하나
생명의 꽃이 이 손에 피었사오니
받아주소서.

- 고인의 시 <고목의 기도>에서

무영無影 선생의 만년

내가 선생을 만나기는 1947년 월남 직후 최태응 형의 소개로 진작이었지만, 6·25동란까지는 별로 개인적인 접촉이 없었다. 그러다가 수복하여 신당동에서 집을 이웃하게 됨으로 해서 선생의 만년을 가장 가까이 지낸 한 사람이 되었다. 그때 선생 댁을 무상 출입하던 분들로는 국문학 교수 K씨, 해군 K대령, 의사 P씨 등이었는데 우리는 선생을 '반장님'이라고 불렀다.

선생의 모습은 작달막한 키에 검은 편이며, 또 언제나 좀 찡그린 얼굴을 하여 요새 애들 말을 빌리면 '인상을 쓰고 있는 듯한' 느낌이었고, 그 인품을 한마디로 표현하면 직심직정直心直情의 소유자로서 이러한 '외골수'가 더러는 공사公私 간 '편협하다'는 오해까지 샀다.

그러나 그 인정의 자상함과 후함은 그분과 허물을 터봐야 그 맛을 알고, 또 그 입을 오므려 톡 쏘듯 하는 선학善謔과 재담才談은 일품으로서 주위를 항상 흥그럽게 했다.

선생의 생활 철학에 가장 특이한 것은 약속과 시간의 철저한 이행이었다. 개인 약속일 경우 5분 이상 지체하면 돌아서는 것을 자구책으로 삼았었는데, 나를 보고 "술쟁이치고는 비교적 약속을 어기지 않아 더불어 사귈 만하다"는 칭찬이었다.

저러한 인간관계의 제일차적인 조건이 선생의 마음에 들어선 지 예외일 만큼 나에게 마음을 열어놓아 서로가 그 인생고人生苦나 사회고社會苦를 무심히 넘길 수 없는 사이까지 되었다. 그래서 우리는 때마다 장충단 뒤쪽 남산을 함께 산책하며 남에게는 공개 못 할 허물도 수월하게 털어놓고 좀체로 입에 담지 못할 남의 험담도 곧잘 신이 나서 했다. 또 나는 툭하면 댁에 가서 딸들이 수북하여 즐거운 밥상에 참가하기가 일쑤였고 선생도 무료하든지, 특히 심기가 불편할 때는 나의 허랑한 성품이 오히려 위로가 되는지 곧잘 내 집을 찾았으며, 어떤 밤중엔 내외 싸움을 하고 호기 있게 나서서 겨우 당도한 곳도 우리집이었다.

실상 무영 선생의 만년은 결코 다행한 편은 아니었다. 어쩌면 옆에서 보아도 인생의 절벽 앞에 선 느낌이었다. 모든 인간들에게 향한 역정逆情과 생계의 차질과 건강의 부조不調와 창작상 고민으로 차 있었다. 지금 그 구체적 내용은 기억 안 나지만 이때나 저때나 문단 분쟁으로 가장 모범적으로 화평하고 순수해야할 문우文友 간에 선생의 직심이 그대로 통하지 않고 배반당하는 데 대한 노여움으로서 자신의 직정에 비례하여 그만큼 마음에 상처를 입고 있었다.

또 당시 선생댁은 6남매 여덟 식구의 대가족으로 부인이 생활의 곤경을 헤쳐 보려고 메추린가 무엇인가 새를 기르다가 그것이 실패하여 빚에 몰려 있었고 건강도, 겉으론 단단해 보였으나 고혈압과 신경통으로 고통을 당했으며 창작도 '슬럼프'에 빠져 있어 현실적으로나 정신적으로나 실의를 가져왔다.

이러한 자기상실을 누구보다도 두려워하여 새로운 일도 모색해 보았고 인생에 있어도 낭만적 정열로라도 다시 불태워 보려 했으나 허사였다.

그 실례로는 선생은 평소 농촌의 진흥 개발을 위하여 농민 대상의 신문을 자기 손으로 만들어 보는 것이 소원으로, 그 계획안을 나와 함께 만들어 가지고는 사방 요로要路에 절충을 하고 다녀 보았으나 그때가 자유당 독재 말기라 정사자政事者들이 그런 것에 귀 기울일 경황이 있을 리 만무했고, 또 한편 낭만적 생활 도피라야 그 한계가 너무나 빤해서 오히려 자신만 매질하고 신음하다가 하루아침 졸지에 이승을 떠났다.

그러나 이것은 한 작가의 내부의 모습으로서 어디까지나 선생은 한 가정의 알뜰하고 살뜰한 가장이요, 학생들에게 존경받는 교수요, 또 성실한 인품과 순수한 문학 정신으로 추앙받는 작가였고, 선생의 급서는 모든 이의 충격과 아쉬움이었음은 물론이다.

내가 여기다 선생의 만년의 실의 상태를 자신의 경험처럼 소상히 적은 것은 저러한 작가의 내란內亂이 어쩌면 참된 작가들이, 아니 성실한 인간들이 그의 완성기에서 직면하는 공통적인 것으로 여겨져 그것을 조명해 보고 싶기 때문이다. 고희古稀를 넘기고도 자해로 생애를 끝맺은 헤밍웨이나 가와바다 야스나리川端康成를 상기하면 나의 이 말이 좀 더 잘 이해되리라.

나도 이승에서 자기를 내외內外로 완성한 위현偉賢이나 "칠죄七罪의 연못을 빠져나와서도 더럽혀지지 않는 단테" 천사 같은 인간을 부러워하지만 보다 더 성실히 신음하고 고민하다 가는 인간의 편이요, 또 저승에 향하여서도 그들의 안식과 부활을 더욱 믿고 바란다. 작고하기 며칠 전 내 집에서 대작을 하다가 선생은 "프랑수아 모리악은 작품이 살아남는 것이 아니라 인간이 남는다고 하였는데, 나 같은 것은 작품도 하잘것없고 인간도 요 모양 요 꼴이니 어쩌지?" 하고 사뭇 침통한 술회였다.

나는 그때도 내 성품대로 "죽은 후 작품이나 인간 같은 그런 구질구질한 것이 남아선 무얼 해요!"라고 실실 얼버무렸다고 기억된다.

　그러나 선생이 가신 지 15년이 된 오늘날 선생의 작품들은 우리 문학 자산으로 이렇듯 뚜렷이 남아 있으며, 선생의 그 훈향薰香도 나 같은 용렬 인생에까지 이렇듯 깊이 아로새겨져 있으니 이 지상에도 선생의 삶이 영속하고 있다고 하겠다.

김광균 형을 산에 묻고

- 전인적全人的 삶을 살다 간 덕인德人 -

어제 11월 27일 우두(雨杜 : 김광균의 아호) 형을 산에다 묻고 왔다. 그와 나는 실로 거슬림이 없는 막역의 사이였다. 나이로 치면 내가 여섯 살이나 아래인데도 좀 버릇없이 굴어도 고까워하지 않았을 뿐만 아니라, 도리어 만년 그가 가톨릭에 귀의할 때는 나를 대부로 삼은 정도이니 더 말해 무엇하랴.

그런 종교적 얘기가 나왔으니 말이지만 그의 삶의 끝막음은 신비스럽고 다행하다. 즉 그는 신부님을 병상에 모셔다가 소위 고해성사라는 참회를 하고 성체(그리스도의 몸을 상징하는 빵으로 그와 한몸이 됨)를 모신 다음 그대로 숨졌으니 더 이상 거룩한 죽음이 어디 있으랴? 소박히 말하면 천당즉행인 것이다.

그를 회상할 때 그와 접해 본 사람이면 누구나 다 아는 바지만 한마디로 말해 그는 직심과 직정의 소유자로서 가식과 허세라고는 전혀 없는 과묵하고 중후한 인품을 지니고 있었다.

그래서 그가 소위 '현대 한국시의 모더니즘의 선구자'였다는 사실이 의외롭게도 여겨지고, 또한 '한국 무역계의 개척자'의 한 사람이라는 사실도 의아하게 들린다고나 할까.

실상 나부터도 이번 명색 호상護喪을 하면서 각계 조객들을 맞으며 특히 실업계의 노장 거물들이 와서 고인의 덕담을 하는 것을 듣고는 상제들에게 "아버지가 경리 장부는 볼 줄 아셨나?" 하고 우문을 발하기까지 하였다.

저 영국 현대시의 맏형으로 불리는 T. S. 엘리엇이 은행원으로서도 훌륭했었다더니 김광균이야말로 '한국의 엘리엇'이라고나 할까.

이것은 그냥 그의 인품을 일반적으로 얘기한 것뿐이지 내가 그의 내면적 감성의 예민과 섬세와 그 풍성함을 몰라서 하는 말이 결코 아니다.

특히나 그가 얼마나 인정에 자상한가 하면 저렇듯 실업계의 거물로 있으면서도 법정 스님이나 이해인 수녀에게 그 저작을 읽은 감동의 글발을 보내 친교를 맺는가 하면, 5년여나 하반신 불수로 있으면서도 내가 병으로 누웠다는 소식이 들어가면 "구상을 찾아봐야 한다"고, "양복을 입히라"고 여러 차례 가족들을 들볶곤(?) 하였다.

그러다가 내가 찾아가면 한 번도 자신의 병이나 고통은 내색도 않고 나의 신병이나 과로를 걱정해 주었을 뿐 아니라 세상을 떠나기 사흘 전에도 내가 가니 나의 상처喪妻를 몹시 애처로워하며 "이제 어떻게 살지?"라고 하길래 "내야 새 장가 들면 그만이니 형이나 어서 일어나 주면 된다"고 하였더니 빙그레 웃던 그 얼굴이 아직도 눈에 선하다.

그의 특성을 한 가지 더 쳐들자면 그처럼 독서를 많이 하는 사람은 우리 문학계는 물론 학계에서도 드물지 싶다.

그는 병석에서도 마지막 일주일 전까지 눈만 뜨면 한시도 책을 놓지 않았는데, 그것은 주로 그가 이해하는 일본어로 된 예술 전반에 걸친 서적들로서 그것을 주문해서 제공해 드리는 것이 그 아드님이나 사위의 효성의 하나였다.

그의 문학적 또는 사회적 공적은 차치하더라도 그는 우리 시대에 전인적 삶을 살다 간 덕인이라 하겠다.

조각가 차근호 이야기

불교를 신봉하는 친구 하나가 내 집엘 와보고 "이 집엔 온통 비명에 죽은 사람의 영상이나 그들의 작품들만이 걸리고 놓여 있는데 이러고도 원귀들이 안 나오나?" 하고 놀렸다.

얘기를 듣고 보니 하기는 십자가의 예수상을 비롯해 북한에서 공산당에게 납치되어 간 나의 실형實兄인 가브리엘 신부상(이것은 우연히 독일 교회 캘린더에 실려 있는 것이 발견되었음), 그림으론 고흐의 풍경화, 이중섭의 유화, 그리고 바로 이번에 공개하는 차근호車根鎬의 조각 〈대지大地〉 등으로 원혼들과 함께 산다 해도 과언이 아닌 셈이다.

이 중에서도 차근호의 조각은 연전에 그의 다른 작품을 가지고 있던 어느 여류 무용가가 그 집에 하도 우환이 겹쳐서 무당에게 가서 물은즉 바로 그 조각이 탈이라고 해서 그것을 없앴더니 재앙이 가시더라고 나보고도 작품을 다른 데로 돌리라는 충고마저 받은 적이 있는 것이다.

이런 말을 해도 미술계 일부를 제외하고는 차근호라는 조각가 자체나 그의 죽음에 대해서 예비 지식이 없어 무슨 소리인지 알아듣지 못할 것이다.

그래서 그가 남긴 작품 중 큰 것을 먼저 들어 보면 저 논산훈련소에 있는 무명용사탑, 광주 상무대에 있는 을지문덕상, 태릉 육군사관학교 연병장에 있는 화랑기마상 등으로 이런 거작들을 남긴 그가 지난 1960년 말 불과 서른두 살인가 세 살에 독신인 채 제 스스로가 목숨을 끊었다는 것을 밝히면 이제 좀 이야기의 납득이 갈 것이다.

내가 입회해서 목도한 바지만 조선일보사 뒤 신태양사 옛 사옥 4층 그의 아틀리에에는 음독한 빈 약봉지 40여 매가 흩어져 있었고, 한쪽 책상 위에는 종이쪽지에 "4월 혁명의 대의를 보아서도 나같이 박명한 인간은 이 세상 삶을 사양하는 것이 마땅하다 할 것이다. 그러므로 내가 스스로 죽음을 택하게 된 원인은 인간으로서의 신념과 예술가로서의 의지의 상실을 슬퍼함에 있는 것이니 어디까지나 객관적 조건이 개재치 않은 개체의 문제인 것을 여기에 명백하게 말해 두는 것이다"라고 적혀 있었다.

여기서 그가 죽으면서 굳이 부정해 놓은 '객관적 조건', 즉 그가 부딪혔던 현실 상황이란 것을 내가 아는 대로 밝히자면 다음과 같다.

4·19혁명이 이루어진 직후 모 신문사에서 기념탑 건립을 추진하는데, 그 모형 제작을 처음엔 차근호에게 위촉했다가 사방에서 "거족적 사업을 임의적으로 한 작가에게 위촉함은 부당하다"는 물의에 부딪히자 이를 취소하고 공모로 나아가면서 그에게도 응모를 종용했다. 이때 그는 예술가로서의 자존심이 극도로 상했지만 내면적인 악전고투 끝에 작품을 완성, 출품한다. 그러나 불행하게도 최종 심사에서 현재 4·19기념탑 모형이 당선되고 그의 작품은 낙방의 고배를 마시게 된다는 게 그 경위의 전말이다.

저러한 현실적 좌절과 실의가 삶 전체에 대한 회의와 부정으로 변했던 것이며, 그의 독하리만큼 강한 천성이 마침내 자해에까지 그를 몰고 갔을 것이다.

그와 한 하숙살이를 한 경험이 있는 최정호 교수의 술회를 빌리면 "그는 스스로에게 대해서도 '망치요, 끌이요, 칼'이었던 것이다. 그래서 그는 자신의 목숨에 대해서도 '아직도 버티나, 아직도 버티나' 하면서 목숨을 죄었던 것이다"《空間》 1977년 1월호,

〈회상回想의 조각가 차근호〉에서).

내가 차근호를 안 것은 그가 1·4후퇴 때 북한 평양에서 넘어온 직후 그 역시 함께 넘어와서 고인이 된 소설가 김이석金利錫의 소개로써였다.

그는 얼마 안 있어 앞서 소개한 대로 군 영내의 조형물을 연달아 맡게 되었는데, 동란 중 국방부 기관지인 〈승리일보〉를 주재하여 이른바 군사통으로 불리던 내가 속된 표현대로 하자면 유일한 빽이 되었다.

예나 지금이나 이런 조형물의 제작에는 마치 청부 경쟁과 같은 말썽이 따라서 북한에서 갓 넘어온 젊은 그가 어떤 일을 맡을라치면 "그는 김일성대학(미술과) 출신이니 빨갱이가 아니냐?"라는 것이었고, 또 "아직 조각의 ABC도 모르는 애송이일 뿐 아니라 그의 조각에는 역사적 자료 고증이 전혀 돼 있지 않다"는 중상이 되풀이되었는데, 나는 그러한 비방들을 해명하고 그 천재적 자질을 공증(?)해야 했다.

이렁저렁해서 나와 그는 형제와 같은 우애가 생겼는데, 그래서 그는 나보다 근 10년이나 아래라 보통때는 "선생님, 선생님" 하다가도 술만 취하면 "형님, 형님" 하고 불렀다. 술자리 이야기가 나왔으니 말이지 그는 취하면 잘하지는 못했지만 샹송을 불란서 원어로 불렀으며 파리에 가는 것이 그의 간절한 포부였다.

그러한 꿈의 실현이 물심양면으로 성숙했다고 그도 믿고 옆에서도 믿었는데, 그만 눈앞에 아른거리다 깨어지고 마니 그야말로 앞이 캄캄해졌을 것이요, 그의 가열苛烈한 성정性情이 저러한 결말을 낳았다 하겠다.

그는 앞서 쳐든 군 영내 작품 외에도 문제의 4·19기념탑 모형, 역시 미건립의 진주 개천예술탑 모형과 김활란 여사상, 이중섭·함대정 두 화가와 소설가 이무영의 묘비, 그리고 자살 후 그 아틀리에에 남아 있어 유족들이 그를 평소 보살핀 사람들에게 나눠준 대리석의 여인상(시인 설창수), 석고의 성모상(박고석 화백), 목각의 대지(필자) 등이 있다.

홍제동 불아궁이에 차근호의 시신을 처넣고 돌아온 지가 엊그제 같은데 벌써 20년이 다 되고 그때 돌아오다 고약한 심정을 누를 길 없어 당시엔 아직도 일초一超 스님이었던 고은과 인사동 목욕탕엘 가서 몸을 담갔던 기억이 되살아 온다.

공초 선생의 치세훈治世訓

공초空超 오상순吳相淳 선생 하면 요즘 독자들에겐 그 성함이 낯설겠기에 그 인물부터 소개하면 선생은 우리 신시(新詩 : 자유시)의 선구자였을 뿐 아니라 현대 한국이 낳은 초인이요, 대덕大德이었다. 그는 불교에서 말하는 무애행無碍行의 실천자로서 무소유(아무것도 가짐이 없음)는 물론이려니와 무정주(無定住 : 일정하게 살고 먹는 곳이 없음)와 무위이화(無爲而化 : 모든 것을 자연 그대로 둠)에 투철한 분이었다.

그리고 오직 그는 당시(50년대) 명동 청동다방에 나아가 자리하고 그를 찾는 제자들과 손들에게 "반갑고 기쁘고 고맙다"는 축복의 인사와 함께 '사인 북'을 내놓았는데, 거기 첫 장에는 가령 "담배연기는 사라져 어디로 가는가?"라는 화두가 적혀 있었다. 말하자면 가두선街頭禪을 우리들에게 시켰던 것이다.

이미 선생이 가신 지 30여 년. 그러나 선생을 회상하면 저 《삼국유사》나 어느 《고승전》의 설화에 나오는 인물처럼 아득한 느낌이 든다.

저러한 선생 생전의 기행이나 일사야 하도 많지만 요즘 우리 세태 속에서 가장 절실하게 되살아 오는 것을 하나만 소개하면, 그것은 50년대 초반 피난지 대구에서의 일인데 소위 제1차 정치파동이 한창이어서 거리에는 '땃벌떼', '백골단' 등 정치깡패 집단이 횡행하던 때였다.

그래서 온 세상이 떠들썩하던 그 어느 날, 선생은 그때 나의 일터였던 대구 〈영남일보〉 주필실로 홀연 찾아오셔서 불쑥 하시는 말씀이 "구상! 내가 어지러운 이 나라 이 사회를 건질 묘책묘방이 하나 있는데 그것을 사설로 써달라구."

이렇게 서두를 떼고 내놓은 기상천외의 제안인즉,

"국민 각자가 날마다 일정한 시간에 한번 자신의 삶과 오늘의 세상살이의 잘못된 모습을 반성하고 회개하는 묵상 시간을 제정해서 그 캠페인을 벌이자는 말이야! 가령 정오 사이렌에 맞춰서 3분간만 모든 국민은 자기 일터에서 일제히 일손을 멈추고 나의 삶의 참모습은 무엇일까? 나와 우리는 어떻게 해야 보람 있는 삶과 세상을 이룰 수 있을까? 이렇게 자기 존재와 당위의 제일의적 문답을 함으로써 자기를 알고 오늘의 삶의 허망을 깨우치고, 나아가서는 새로운 삶을 찾아나서야 우리 세상은 윤리와 그 규범을 회복하고 정상화될 것이란 말이야."

라는 말씀이었다.

그때 나는 이 제안을 듣고도 그저 공초 선생다우신 말씀이라고 받아들였을 뿐 너무나도 비현실적이라고 여겨서 신문에 사설화하지는 못했었다.

그런데 세월이 흐르고 나 스스로의 사회 혁정革正의 열정이나 지식인의 사회 발언 같은 것의 무력과 좌절을 거듭한 오늘에 와서는 선생의 그 치세훈이 어떤 탁월한 경륜보다도 더욱 절실해 오는 것은 어인 일일까.

물론 오늘날도 저 공초 선생의 제안은 현실 담당자들에게 대낮의 잠꼬대로 들리고 시험될 리 만무겠지만, 오직 그 목적 자체만이라도 우리의 인문 정책 속에서 이루어진다면 우리의 내일은 밝다 하겠다. 아니 저 20세기의 현철賢哲인 하이데거의 말대로 비록 정오 사이렌에 맞춰서는 아니더라도 우리 국민은 '존재 망각의 밤' 속에서 깨어나야만 이 눈먼 싸움에서 벗어날 수가 있다 하겠다.

가
진
것
없
이
베
풀
기

4부

무료와 은총

뒤뜰에 감이 익어 간다. 동산에 밤송이가 입을 벌린다. 설명할 것도 없이 계절이 갖다 주는 자연의 조화다.

어스름한 달밤에 장독대 둘레에 핀 채송화꽃들 위를 자세히 들여다보면 막내딸 브로치만큼씩 한 조그만 나비들이 살랑살랑 날고 있다. 저 미물 같은 것들이 밤을 지새 가며 화분花粉을 나르고 있구나! 생각을 하면 눈물겹기까지 하다.

더욱이 저 노랑, 분홍, 자주, 보라 등의 꽃들이 저렇게 색색으로 물들기까지는 여러 천 년의 저 같은 역사役事가 거듭되었을 것에 생각이 미치면 경이와 더불어 아득한 느낌이 든다.

우리는 흔히 이스라엘 시대에 예수가 나서서 친히 행한 기적에 흥미를 갖고 부러워한다. 또 오늘날에도 자기 자신이나 자기 주변에 초자연적인 기적이 일어나 이를 체험하고 목격하기를 바란다. 그렇지는 않더라도 불의不意의 행운이 불시에 찾아들기를 바란다. 하기야 이것이 인간의 상정常情이어서 나무랄 것이 못 될지도 모른다.

그러나 한편 곰곰이 생각하면, 우리가 자연이라고 부르는 이 만물의 현상 속에서, 우리가 당연한 듯이 보아넘기는 생물의 번영 속에서 초자연적인 힘과 배려와 사랑을 발견해 내지 못할 것인가?

그야 무신론자는 이 자연의 오묘를 "청산도 절로, 녹수도 절로, 자기의 삶도 절로"라고 말할지도 모른다. 그러나 지극히 적어도 신앙을 가졌다는 나에게 있어서 이 속에서 신의 숨결과 손길과 사랑, 즉 완미完美한 섭리를 못 느끼고, 못 찾아내고, 못 생각한다면 그것은 영혼의 장님이 아닐 수 없다.

그것은 마치 저 예수 시대에 예수의 가르침과 예수의 행하는 기적을 보고도 믿지 않을 뿐 아니라, 예수를 오히려 거스른 이스라엘 백성들과 무엇이 다르겠냐고 반문한다면 나의 과장일까?

얘기가 좀 비약되지만, 성녀 테레사는 그녀의 자서전《작은 꽃》에서 각 인간에 대한 하느님의 섭리의 오묘함을 다음과 같이 비유한다. 기억을 더듬어 그 줄거리만 적으면 "가령 두 타입의 아버지가 있어 한 분은 뜰에서 자기 아이가 놀다가 돌에 부딪혀 상처가 났을 때 이를 얼른 안아다가 약을 바르고 붕대를 감아서 치료해 주고, 또 한 분은 어린애가 다칠까 봐 먼저 뜰이나 길을 살펴서 돌 같은 것을 앞질러 치워 그 어린애가 다치지 않게끔 미리 예방해 주었다. 두 분 중 어떤 아버지가 더 현명하고 고마운 분일까? 물론 돌을 미리 치워 논 아버지가 더 고마운 분임에는 틀림없으나, 사람들은 보통 이런 은혜는 모르고 상처에 약을 바르고 낫게 한 얕은 은혜에만 감사한다"고 절묘한 표현을 했다.

참으로 성녀 중에도 테레사 성녀다운 말씀이다. 우리는 이러한 신의 예방 은총이나 그 비호엔 눈이 어둡고 그저 금세 국이라도 끓여 먹을 호박덩이 같은 복을 하느님께 달라고 졸라대고, 또 바라는 것이다.

나와 우리집 식구는 아무 횡재도 변고도 없이 가을을 맞고, 또 보내고 있다. 어쩌면 무료할 정도다. 저러한 기적보다도 확연하고 무한한 은총 속에서 말이다.

저승길 차림

요즘 나는 동년대同年代들의 부음訃音에 자주 접한다. 우리 한국에 태어난 사람들이야 모두가 어슷비슷하지만, 특히 지금 60대 사람들은 철나자 격난의 세월 속에서 훤한 날을 한 번도 못 본 느낌이다. 그래서 평균수명 연령도 못 누리고 약간의 어떤 충격이나 신병이 들면 그저 꼴깍꼴깍 숨지고 마는 모양이다.

세모歲暮에 모였던 중학 동기생들에게서도 그런 얘기가 거의 화제의 중심이 되었는데, 그들은 일제히 나에게 치하하기를, "자네야말로 기적같이 오래 산다"는 것이었다. 나는 20대부터 가슴을 앓아 병원 입원만도 십여 차례, 거기다 수술을 두 번이나 하는 등 때마다 "가망이 없을 것이다"는 소문을 놓았으니 "오히려 쭈그렁 밤송이가 몇 해를 간다던가!" 하는 속담 격이다.

그러한 연유 때문에 나는 비교적 다른 사람보다는 죽음에 더욱 가까이 다가서도 보고, 또 그 죽음을 곰곰이 생각해 보는 빈도도 잦았다고 할 수 있다. 그런데 죽음을 놓고 묵상할 때 제일 먼저 떠오르는 것은 솔직히 말해 죽음에 대한 공포다.

이 공포심을 좀 더 분석해 보면 첫째는, 죽음에 이르는 고통에 대한 두려움이요, 둘째는 죽은 후에 올 미지의 세계에 대한 불안이다. 그런데 이상한 것은, 첫째의 죽음에 대한 고통은 왕왕 우리 삶의 고통이 너무 심하면 오히려 죽음의 안식을 더 원할 때가 있다는 것이다. 내가 직접 경험한 바로서도 해방 후 북한에서 필화 사건으로 공산당의 결정서를 받고 탈출하다가 체포되었는데, 때마침 겨울이라 불기 하나 없는 유치장에서 얼어붙는 추위와 피곤과 절망에 휩싸여 오직 죽음만이 간절히 그리운 시간을 보낸 적이 있다. 이것은 내가 육신적 고통을 손쉽게 예로 든 것뿐이지, 우리의 삶 속에는 정신적 시달림이나 고통 속에서 죽음의 안식을 필요로까지 하는 때가 얼마든지 있다.

그러면 둘째 것, 즉 죽음 후에 오는 미지의 세계를 향한 불안이란 어떤 것일까? 가령 죽은 뒤에는 아무것도 없고 아무것도 남지 않는다면, 즉 우리 영혼의 불멸이나 내세가 없이 육신의 죽음으로 완전 종말을 짓고 만다면 불안이고 공포고 있을 것이 무엇일까?

그렇다면 무신론자나 현세주의자들의 죽음에 대한 불안이란 무엇일까? 그들은 '죽음이 너무나 아프기 때문에' 싫은 것일까? 그것은 약품으로 안락사를 도모할 수도 있지 않겠는가? 이렇게 따져 보면 죽음의 불안에 대한 정체는 내세와 직결되어 있다.

그런데 내세를 믿는다는 나는 왜 죽음이 불안하고 두려워지는 것인가? 이것은 역시 신앙을 가졌다면서도 행복한 내세에 대한 확신이 없기 때문일 것이다. 만일 누구나 저승에서의 행복이 확보되어 있다면, 못 가본 외국으로 즐거운 여행을 떠나듯 죽음을 맞이하고 그 길을 떠날 수 있을 것이다.

이런 의미에서 나는 어느 현철賢哲들의 사세구辭世句보다도 20세기의 대덕大德인 교황 요한 23세의 임종시의 지극히 평범한 말 "이제 나의 여행 채비는 다 되었다"에 깊은 의미를 느끼며 크게 감명을 받는다.

그렇다! 죽음엔 그 채비가 문제다. 무속 신앙의 사람들도 저승의 노자路資를 갖추어 보내려 든다. 결국 죽음에 대한 불안의 정체가 내세의 길흉에 달려 있음을 볼 수 있게 된다.

사람은 누구나 죽음을 껴안고 산다. 이 때문에 오히려 인간은 무한을 자기 안에 품고 있다. 무한 속에서의 길흉의 가능성을 자기 스스로가 선택하고 결정해야 하기 때문에 인간은 죽음 앞에서 불안과 전율을 갖는 것이리라. 하나는 영원한 삶, 즉 천국이요, 하나는 영원한 죽음, 즉 지옥이다. 이 벼랑 앞에서 불안과 전율이 없다면 오히려 거짓말이다. 더욱이 죽음은 도둑처럼 불시에 오는 것이기에 그 불안은 항시적이다.

그래서 죽음은 오직 그 어떤 저승의 입장권이 준비되어 있느냐에 따라 그 의미가 달라진다. 이 판단이 스스로 설 정도로 이 세상을 잘 살아야 하고, 가브리엘 마르셀의 말마따나 현세에서부터 영원을 살아야 한다.

그래서 우리는 충족한 차림으로 외국 여행을 떠나듯 동경과 호기심과 즐거움을 가지고, 아니 이미 낯익은 고장에 들어서듯 죽음을 맞이하여 보지 않으려는가!

순교자와 예술가

복자성월에 예술인의 입장에서 순교자들을 묵상해 보라는 주문을 받고 이리저리 궁리해 보았으나 순교자들에게 향한 일반적인 경외감이나 장렬감壯烈感 외엔 특별한 감상이 솟지 않는다. 또 우리 한국의 순교자나 전 세계 가톨릭교회 역대 치명자들의 예술과의 관련에 대하여도 아는 바가 없어 두루 사색의 나래를 펴가는 중, 전후 일본에서 다자이 오사무(太宰治, 1909~1948)라는 소설가가 〈굿바이〉라는 장편을 신문에 연재하다가 그 인기의 절정에서 기생과 정사情死를 한 센세이셔널한 사건이 있었는데, 그때 일본의 제일급의 평론가 가메이 가츠이치로龜井勝一郎가 이 자살을 '그리스도의 모습基督의 像'이라는 이색적인 표제를 내걸어 찬미하는 글을 읽은 기억이 났다.

그의 논지는 한 예술가가 자기 작품 속에서 제시한 미美나

정신적 입상立像을 스스로 체현하려 드는 것은 진정한 작가적 진실에서 비롯된 것으로, 이것은 마치 그리스도가 인류 구속 救贖이라는 그의 이념을 실현하기 위하여 십자가에 매달리는 것과 한가지라는 얘기였다.

이런 예는 얼마든지 있다. 저 해바라기의 화가 빈센트 반 고흐가 자신의 자화상을 그려 친구에게 보였더니, 그 친구가 "귀가 닮지 않았다"라고 하니까 헤어지고 돌아와서 자기 귀를 잘라 싸서 보낸 사실이라든가, 그가 밀밭에서 자살하고 난 유서에 "이제 나는 그림에 대하여 목숨을 걸었고, 나의 이성은 그 때문에 부서져 버렸다"라고 한 대목 등에서 그의 죽음이 예술에 대한 치명임을 누구나 짐작할 수 있을 것이다.

이러한 예술적 치명 사건은 현대 한국에도 있었다. 나는 가장 가까이서 그것을 겪은 사람의 하나로, 불우했던 천재 화가 이중섭(1916~1956, 그의 담배 은지에 부각한 그림 등 석 점이 뉴욕 현대미술관에 소장되어 있다)의 죽음이 바로 그것이다. 그는 나의 향우鄕友로서 여기에 그의 예술이나 인간을 소개하지 못하는 게 유감이지만, 세상에서는 그를 미쳐 죽었다고도 하고, 굶어죽었다고도 하고, 자살했다고도 하나 그의 삶과 죽음이 다 함께 오로지 그림이었음을 나는 보아왔고, 또 때마다 이를 증언하고 있다.

여기서 우리가 주목하면, 저들의 죽음이 비록 자해 행위이지만 단순한 일반적 자살과는 달리 자기가 추앙하는 미라든가 자기가 창조한 입상이라든가를 완성하기 위한 자기 생명의 희생임을 발견할 수 있다.

한편, 좀 망령된 언사지만 그리스도의 십자가에 못박히심이나 순교자들의 치명 행위도 죽음을 자각하고 자초한 일종의 자결 행위라고도 볼 수 있다. 즉, 그들은 다 함께 자기 생명을 말살한다기보다 더 높고 기리는 차원에다 자기를 올려놓음으로써 자기를 완성하려는 행위라 하겠으며, 이것은 또한 본질적으로 하나의 창조 행위인 것이다.

물론 엄격히 따질 때, 종교적 치명 행위와 예술가의 치명 행위 속에는 본질적인 차이와 그 가치의 차가 비교도 안 되는 것이며, 더욱이 일반이나 예술가라 해도 염세 자살과 같은 것을 이와 혼동해서는 어불성설이 된다. 오직 신앙의 순교자와 진정한 예술가들의 죽음을 놓고 '자기 존재를 자기 생명 이상으로 여기는' 그 동질성만을 이 기회에 살펴본 것뿐이다.

끝으로 우리는 가브리엘 마르셀의 말대로 저 순교자들처럼 "죽음을 자유로운 행위"로 할 수 있는 공부를 이 달에 해야 하겠다. 이것은 지금 곧 순교를 뜻하는 것이 아니라, 일반적이고 자연적인 죽음의 영접에 있어서 그야말로 자살의 입장에서가 아니라 자기 완성의 입장에 있어야 하기 때문이다. 즉, 우리의 죄에의 타락이야말로 목숨이 붙어 있다손 치더라도 자살 중의 자살, 영원한 자살인 것이다.

실존적 확신

인간은 누구나 삶의 보람을 찾고 있다. 가브리엘 마르셀의 용어를 빌리면 실존적 확신 속에 살고 있다. 그런데 현대인은 이 실존적 확신의 혼란 때문에 고민하고 방황한다. 코뮤니즘이 의도하는 사회의 개혁도, 실존주의자들이 지적하는 부조리한 삶으로부터의 탈피도 결국 이러한 실존적 확신의 혼란에 대한, 새로운 삶의 보람의 추구와 제시라고 하겠다.

좀 더 구체적으로 말하면 '내가 나 자신을 빼앗기고 내가 나 아닌 상태에서 벗어날 수 있는 그 길은 무엇일까?' 하는 물음과 그 해답인 것이다. 즉 '잃어버린 자아'에 대한 재확립인 것이다.

코뮤니즘은 저러한 자기 확립의 충족을 존재 내면을 도외시한 외적 소유에다가만 구하고 있으므로 여기서는 논외로 하고 소위 무신론적 실존주의자들은 "신과 타인으로부터 벗어나야

비로소 자신이 만든 삶, 즉 선택된 삶이 이루어지고 또 이 이외엔 아무것도 없다"고 말한다.

하지만 인간이라는 생물 자체가 가시적 현상 자체 속에서도 타인에게서 낳아지고 길러지고, 타인이 없이는 그 삶 자체를 지탱할 수가 없을 뿐 아니라 그 욕구도 채울 수가 없다.

그렇다면 어떻게 하여야 타인 속에서 자기를 확립하고 실존적 확신을 충족시킬 수가 있을까?

이 엄청난 물음에 내가 가장 소박하고 간명한 해답을 해본다면, 실존적 확신을 본능적 충동 속에 머물게 하여 '자아를 우상화'하지 말고 보편적 양심과 영원(절대자) 속에 비추어 '자아의 우상' 속에서 벗어나 자신을 보다 높은 차원으로 끊임없이 이끌어가는 데 있다 하겠다.

일곱 가지 죄의 연못 속을 헤매고 헤맸다는 시인 베를렌이 "주여! 나의 영혼은 나의 안에서 무서워 떨고 있습니다. 나는 당신을 사랑하지 않고선 안 된다는 것을 깨닫고 있습니다"라고 읊었을 때 바로 자기 자신을 찾았고 참된 자아로 돌아왔듯이, 우리도 새해를 새해로 맞기 위해선 저러한 통회 속에서의 실존적 확신을 지녀야 할 것이다.

불교와 나

나는 일찍이 열다섯 살에 가톨릭 수도원 신학교엘 들어가 수
학하다가 3년 만에 환속을 하고는 그 뒤 일본 동경으로 유학
을 갔다. 입시를 본 곳은 니혼대학 종교과와 메이지대학 문예
과였는데 요행 두 곳이 다 합격이 된지라 역시 문학보다는 구
경적究竟的 공부를 해야 한다고 생각하고 선택한 것이 종교학
전공이었다.

그런데 당시 니혼대학 종교과의 커리큘럼이란 그 60퍼센트
가 불교 경전의 주석이요, 나머지가 종교의 학문적 이론이나 체
계, 또는 기독교나 여타 종교의 개론 등으로 좋든 궂든 불교의
여러 경전 강의를 날마다시피 3년 동안 들어야 했다. 이것이 내
가 불교를 접하게 된 동기로서는 기독교인으로서는 비교적 불교
에 대한 지식이나 이해가 있다고 알려지고, 또 때마다 땡땡이중

같은 소리를 한다고 놀림을 받는 연유이기도 하다.

저러한 학창생활 중에서 오늘날까지도 내 뇌리에 강렬하게 남아 있는 추억 한두 가지를 소개하면, 첫째 도모마츠 엔데이友松圓諦라는 산문山門 출신의 교수가 불교개론 시간에 십악도十惡道 중 기어綺語의 죄를 설명하면서,

"이 기어란 비단 같은 말, 즉 번드레하게 꾸며낸 말이란 뜻인데 이렇듯 교묘하게 꾸며서 겉과 속이 다른, 즉 실재가 없는 말, 진실이 없는 말을 잘해서 이 죄를 가장 많이 범하는 게 누군가 하면 바로 종교가들이나 문학가들이다. 그래서 많은 종교가들이나 문학가들은 이런 기어의 죄로 말미암아 죽은 뒤 한시도 고통이 멈추지 않는 무간지옥無間地獄에 떨어져 (요새 우리말의 표현으로 하면) 혀가 만 발이나 빠지는 형벌을 받을 것이다."
라고 경고하였다.

나는 그때도 이미 문학을 지망하는 사람으로 비록 종교가는 아니요, 일개 신자지만 저 교수의 말씀에 등허리가 써늘해지는 느낌이었고, 그 후 50년 동안 글을 쓸 때마다 저 교훈이 경종처럼 울려 온다.

또 하나 그때 내가 가입했던 학생서클인 '노두행路頭行'도 역시 불교적인 이타행利他行을 몸소 실천해 보는 그런 모임이었는데, 즉 달마다 한 번씩 정해진 날 전원이 모여서 지도교수(역시

스님이었는데 그 법명을 잊었음)의 설법을 듣고는 일제히 무작정 거리로 나서는 것이었다. 그리고 제각기 조금이라도 남에게 도움이 되는 일을 하는 것인데, 가령 길바닥에 떨어진 휴지나 쓰레기를 줍는다든가, 교통이 번잡한 네거리에서 어린이나 노인네의 부축을 한다든가, 화물 자동차의 짐부리기를 돕거나 손수레나 딸딸이의 뒤를 밀어 준다든가, 또 조금 교외로 나간 사람은 밭에 김매는 것을 거들어 주는 등 아주 사소한 선행을 남모르게, 소위 상相을 내지 않고 하고 그 실천행의 보고서를 제각기 교수에게 써내는 것이었다.

그런데 그 스님(지도교수)은 우리가 노두행을 떠날 때마다,

"무슨 선행을 하려고 마음을 지어 먹지 말라! 오직 그대들 마음속에서 우러나오는 인정을 쓰면 그만이다."

라고 타이르기도 하시고, 또는 우리의 실천 수기를 보신 소감을 말씀하실 때 언급하시기를,

"그대들이 노두행을 하고는 그 베푼 이들에게서 어떤 때는 담배 한 개비, 차 한 잔, 메밀국수 한 그릇, 또는 술 한 잔, 김밥 몇 개씩을 대접받은 것으로 기록되어 있는데 그대들이 가령 취직을 하려고 이력서를 들고 돌아다녔다면 그런 공것은 얻어걸리지 못했을 것이다. 이처럼 이타행에 완전히 나아간다면 어떻게 먹고 살까, 어떻게 입고 살까, 어떻게 잠자리를 갖추고 살까.

걱정 안 해도 그 모두가 스스로 갖춰지게 마련이니라."

는 것이었으며, 또한 그 스님(교수)은 이타利他, 즉 베풂이란 크고 장한 자선 행위나 헌신 행위로 알고 자신은 그런 소유나 능력이 없다고 그것의 실행을 외면하는 이들이 많다면서 《잡보장경雜寶藏經》에 나오는 '무재칠시無財七施'를 쳐들곤 하셨다.

즉 가진 게 없이 베풂에 나아가는 일곱 가지 가르침으로써 눈으로 베풀고〔眼施〕, 얼굴로 베풀고〔顔施〕, 말로 베풀고〔言辭施〕, 몸으로 베풀고〔身施〕, 마음으로 베풀고〔心施〕, 자리로 베풀고〔床座施〕, 방으로 베푸는〔房舍施〕 것인데, 이것의 주해는 그야말로 문외한이 설법을 하는 것 같아 삼간다.

아무튼 저러한 학창생활로 학점을 따고 채우기 위해서라도 하였던 불교 공부가 나의 청춘의 정신적 홍역과 함께 기독교적인 나의 신앙에 폭풍과 내란을 몰고 왔었음은 피치 못할 사실이었다고나 할까!

특히나 기독교적인 신, 즉 진리의 인격화에 대한 회의와 갈등과 부정으로 오뇌에 휩싸여 지냈다. 물론 그 뒤 차차 신학이나 불교의 공부나 묵상을 통하여 기독교에서도 인식론적 추구에 있어서는 하느님, 즉 진리를 제1원인으로 간주한다는 것을 알았고 또 불교에서도 진리, 즉 법法 그 자체를 섬김의 대상으로

할 때는 인격화한다는 사실도 깨닫게 되었다. 그리고 소위 나자렛 예수, 즉 신의 육화肉化 사상도 법의 화신化身 사상이나 대동소이함을 깨우치게 되지만 항상 내 마음에 걸리는 것은 이런 진리에 대한 공통적 숭앙이 어째서 서로 반목하고 배척해야 하는가 하는 문제였다.

그러다가 지난 1965년 가톨릭의 로마공의회에서 〈비非그리스도교에 관한 선언〉이 이러한 나의 숙년래宿年來의 고민을 말끔히 가셔 주었다고나 하겠다.

여기에 그 선언의 일절을 소개하면 "가톨릭 교회는 이들(비그리스도인) 종교에서 발견되는 옳고 성스러운 것은 아무것도 배척하지 않는다. 우리는 그들의 생활과 행동의 양식뿐 아니라 그들의 규율과 교리도 거짓 없는 존경으로 살펴본다"라고 되어 있고, 이 선언문의 현실화로 마침 그해에 입적하신 효봉曉峰 큰스님 영전에 고 노기남盧基南 대주교가 조문을 하였고, 가톨릭의 수녀들이 연도(煉禱 : 가톨릭의 명복을 비는 기도)를 합송하였다. 그때 나의 감동과 감격이 어찌나 컸던지 나는 나의 자전시집인 《모과 옹두리에도 사연이》70에 그 사실을 시화詩化해 놓았다.

저러한 가톨릭의 선언은 내가 비단 가톨릭 교도여서가 아니라 모든 종교인에게 거짓 없이 실천되어야 할 가장 기본적 자세라고 생각하여 앞에서도 말했지만 나는 저 선언으로 말미암아 정신적 역정歷程에 큰 안도와 기쁨을 가져와서 그야말로 나는 인연에 의해 나자렛 예수의 가르침을 따라 진리에 나아가게 되었고, 또 어떤 이는 석가모니의 가르침을 따라, 또 어떤 이는 마호메트의 가르침을 따라 진리를 신봉하게 된다고 생각하니 그지없이 마음 편하다고나 하겠다.

가진 것 없이 베풀기

나는 지난번 사랑이란 소유나 능력이 아니라 인간이면 누구나 갖추고 있는 인정의 발휘 외에 딴 것이 아니라고 이야기하였다. 그래서 이번엔 그 무소유의 인정 발휘법을 내가 대학생 때(나는 종교학을 전공했었다) 익힌 불교의 일곱 가지 가진 것 없이 베풀기에서 그 본보기를 제시하려고 하는데, 독자들은 이교異敎의 가르침이라고 떠름해하지 말기를 바란다.

좀 다른 얘기지만 이웃 일본에서는 가톨릭 사제가 선방(禪房 : 후고 에노미야 라살 신부의 신명굴神瞑屈 등)을 차려놓고 관상수도에 나아가 기도하니 말이다.

그야 어떻든 불교 경전의 하나인 《잡보장경》에는 무재칠시라는 대목이 있는데 이것이 바로 재물이 없이, 즉 가진 것 없이도 보시布施, 즉 베풂에 나아갈 수 있는 일곱 가지 가르침이다.

첫째는 눈으로 베풂(眼施)인데 자비스러운 눈을 함으로써 둘레 사람들의 마음을 맑고 밝게 순화시킴.

둘째는 얼굴로 베풂(顔施)인데 평안하고 온화한 얼굴을 지녀 이웃의 마음을 유순하고 화평하게 함.

셋째는 말로 하는 베풂(言辭施)인데 진정에서 우러나오는 말과 남의 진심을 헤아려 주는 말로 남을 상대함.

넷째는 몸으로 하는 베풂(身施)으로 이것은 육신으로 남을 도와주는 것뿐 아니라 제 몸가짐을 방정하게 함으로써 그 모범이 됨.

다섯째는 마음으로 하는 베풂(心施)으로 언제나 너그럽고 후하고 따뜻하게, 즉 선의로 남을 대함.

여섯째는 자리베풂(床座施)으로 남에게 자기의 앉은 자리나 상좌를 양보함.

일곱째는 방을 베풂(房舍施)으로 잠자리나 쉴 자리를 구하는 사람에게 이를 제공함.

이상의 베풂은 그야말로 소유나 능력은커녕 누구나 마음만 먹으면 그 당장, 그 즉석에서 실현할 수 있을 뿐 아니라 가령 신체장애나 전신불수의 경우에도 가능하다 하겠다. 실례를 들면 내가 때마다 친누이들 집처럼 찾아가서 묵곤 하는 부산 광안리 성분도 수녀원엔 70객의 어느 노수녀님이 계신데 그분은 척추 카리에스로 벌써 10년이나 침대에 누워 생활하신다.

그런데 이 수녀님은 어찌나 그 눈, 얼굴, 말씀은 물론이려니와 마음씀이 얼마나 맑고 밝고 자비스러우신지 자매 수녀님들 모두의 경애의 대상일 뿐 아니라 젊은 수녀님들의 심적인 고민이나 고통의 상담역이 되고 계시다.

그리고 또 하나는 어느 신부님의 글에 인용된 것을 내가 다시 인용하는 것인데, 일본의 여류작가 미우라 아야코(三浦綾子 : 소설《빙점》의 작가)가 쓴 신앙 입문서《빛 속에서》의 한 대목으로 어느 대학생이 나환자를 위로하러 찾아갔다가 오히려 위로와 감동을 받고 돌아왔다는 이야기다.

오십을 훨씬 넘긴 그 환자는 눈도 못 보고, 혼자서는 일어나지도 못하고 돌아눕지도 못하고, 먹지도 못하고, 손가락도 마비되어 있어서 점자도 읽을 수가 없고 오직 혼자서 할 수 있는 일이란 다만 호흡뿐이었다. 그런데 그분의 얼굴은 빛나고 기쁨에 넘쳐 있었다. 이 광채가 나는 얼굴, 평화로운 모습은 그 무슨 힘에설까? 그분의 머리맡에는 점자로 된 성서가 한 권 놓여 있었는데 그것이 바로 그 힘의 원천이었다. 그분은 손끝으로 점자 성서를 읽을 수 없으니까 자신의 혀로 성서를 거듭거듭 읽는다는 것이다. 아니 하느님의 말씀을 혀로 빨아 먹는다는 것이 그분께 대한 적절한 표현이리라.

이상 실례 속에서 이미 현명한 독자는 헤아리겠지만 결국 저러한 가진 것 없는 베풂 뒤에는 하느님(진리)의 실재와 그 신령한 힘에 대한 전적인 믿음이 전제되고 또 수반되어야 한다. 그래서 나는 저 일곱 가지 베풂에다 한 가지 더 추가하고 싶은데, 즉 기도의 베풂〔念佛施〕이다.

남을 위한, 남의 영육 간의 평안과 다행을 위한 기도보다 더 큰 베풂은 없을 것이요, 이야말로 그 지향과 염원 그것만으로 남에게 베풀 수가 있고 더구나 그 공덕은 자신도 함께 누릴 수 있으니 말이다. 이것은 내가 저 앞에 쳐든 수녀님을 비롯해 영적 은인들의 그 기도의 베풂 속에서 여러 가지 심신의 심각한 장애와 결함을 안고도 이렇듯 살아서 이런 글이나마 쓰고 있어 그 효능을 너무나 잘 알고 있기 때문에 하는 확신의 제안이다.

죄와 은총
- 그레엄 그린 소고小考 -

그레엄 그린은 우리나라에서도 비교적 일찍부터 그의 작품이 번역되고, 또 영화(〈제3의 사나이〉, 〈사랑의 종말〉)도 들어와서 꽤 널리 알려진 작가다.

물론 이것은 그가 가톨릭 작가로서의 면목이 아니라 현대의 작가들 중에서 역사 의식에서나 실존 의식에서나 이 작가만큼 현대인의 문제의식을 심각하고 광범하게 다루는 사람이 드물다는 점과, 또 하나는 그가 스릴과 트릭을 교묘히 사용하여 현대인의 구미에 맞게 작품을 쓰는 기교의 능란함이 어느 나라에서나 많은 독자를 획득하는 요소라 하겠다.

1925년에 처녀작 〈내부의 나〉로 등장하여 줄곧 많은 소설을 발표한 그린의 작품들은 대체로 두 가지 유형을 보이는데, 그 스스로가 주제 중심의 본격소설novel과 흥미 치중의 오락소설

entertainment로 나누지만 어느 것이건 그의 소설에는 그 테마 구성의 한 패턴이 있다. 즉 쫓고 쫓기고 되돌아서 거꾸로 쫓고 하는 것으로, 이것을 우리 인간의 사회 현실로만이 아니라 인간 심혼心魂의 영위에다가도 적용시키고 있는 것이다.

그러나 이 글은 그러한 그의 작품의 분류나 작품 연보를 늘어놓을 성질이 아니고, 또한 그의 작품에 대한 문학 일반적인 고찰이 아니라 작품 속에 담겨 있고 나타나 있는 크리스천적 테마, 특히 가톨릭적 의식 내용을 살피는 것이기 때문에 모든 것을 생략하고, 이러한 문제의식이 농후할 뿐만 아니라 그의 대표작이기도 한 〈권력과 영광〉(1940), 〈사건의 핵심〉(1948), 〈사랑의 종말〉(1951)의 요약에서 그의 종교적 작가로서의 면모를 미흡하나마 엿보기로 하겠다.

먼저 〈권력과 영광〉의 줄거리를 소개하면, 적색혁명이 일어난 멕시코 어느 주에 신부들은 모두 도망치고 오직 별명은 위스키요, 파계를 해서 어린애까지 낳은 파락호 호세 신부만이 홀로 남아서 이리저리 숨어 다니며 신자들에게 비밀리에 성사를 준다.

이러한 사실을 탐지한 혁명 당국은 그를 맹렬히 추격하는데, 호세 신부는 이리 쫓기고 저리 쫓기다가 마침내 주 경계선 밖으로 간신히 벗어난다. 그런데 자기에게 붙은 현상금을 노리고 그를 따라다니는 혼혈아로부터 은행을 턴 어떤 미국인 갱이 총에 맞아 신부를 찾는다는 말에 함정이 있음을 알면서도 되돌아가서 그 갱에게 고백성사를 주려다가 마침내 체포되어 총살을 당한다는 이야기다.

이 작품에서 그린이 제시하고 있는 것은 인간의 이중 본성, 즉 선과 악을 함께 지니고 있는 인간이다. 인간은 착한 사람이 따로 있거나 악인이 따로 있는 것이 아니요, 오직 삶을 통하여 죽음에 이르기까지 이 상반되는 양극 속에서 헤매며 허우적대는데, 바로 여기에 자유가 주어지고 있으니 더 비극이라는 것이다.

그런데 문제는 이 선악의 비극적 전투장에서만 하느님을 비로소 발견할 수가 있고, 성실한 인간일수록 그 전투는 더 치열하며 고통도 거기에 비례한다고 그는 말하고 있는 것이다. 그리고 인간 성실의 발로란 바로 연민인데, 이 인정의 무아적 발휘야말로 하느님과의 일치를 가능케 한다고 말한다.

그 다음 〈사건의 핵심〉 줄거리를 보면, 서부 아프리카 어느 바닷가 소읍의 경찰서 부서장인 주인공 스코비는 그의 부인 루이즈가 전지요양을 떠난 사이 조난선에서 젊은 여인 헬렌을 구출해 낸다. 그런데 죽어 가는 헬렌을 소생시키고 새로운 삶을 도우려는 연민과 선의가 마침내 그 고독한 여인과 치정에까지 나아가게 한다. 그러나 부인이 돌아오자 선량한 그는 차마 그녀를 배반할 수가 없어 그녀를 속이기 위하여 모령성체冒領聖體까지 감행하는 한편, 그의 새 연인 헬렌을 버릴 만한 잔인성도 그에겐 없었으므로 마침내 자살로써 자기의 영원한 멸망을 택한다는 이야기다.

그런데 주인공 스코비는 자살하기 전 약을 사들고 오다가 성당에 들어가 "오 주여! 살아 있는 한 저는 그들 중 어느 한쪽도 버릴 수가 없습니다만 죽음으로는 그들의 피의 흐름 속에서 저를 멀리할 수가 있습니다. 그들은 저 때문에 병들고 있습니다. 저는 죽음으로써 그들을 고쳐 줄 수 있습니다. (…중략…) 주여! 이제 당신에게도 이 이상 더 모욕을 드릴 수는 없습니다. 그렇게는 도저히 못하겠습니다. 당신도 저를 영원히 잃어버리시면 훨씬 더 편하게 되실 겁니다. 제가 당신의 손이 안 닿는 곳(지옥)으로 사라져 버리면 당신도 평안을 얻으실 겁니다"라는 엄청난 독백인지 기도인지 분간을 할 수 없는 마음속의 절규를 꺼내 놓는다.

그 애절함이야 어떻든 간음을 하고, 모령성체를 하며, 고백성사도 보지 않고, 자살이라는 신학적으로 보면 제일 큰 절망의 죄를 범한 그가 구원을 받았으리라는 것을 일반적 교리의 세계에서는 도저히 생각할 수가 없다.

그런데 이 소설은 마무리 장면에서 랭크라는 신부의 입을 빌려 스코비의 부인 루이즈에게 "부인, 당신이나 내가 하느님의 은총을 조금이라도 알고 있다고 생각하지 마시오. (…중략…) 교회는 모든 규칙(교리)을 다 알고 있습니다만 단 한 사람의 마음속에서 일어나고 있는 일은 전혀 모르는 법입니다. (…중략…) 이런 말을 하면 이상스럽게 들릴지도 모르지만, 더욱이 그런 큰 잘못을 저지른 사람이지만 그러나 내가 보기엔 그 사람(스코비)은 정녕 주님을 사랑하였습니다"라고 술회시킨다.

이리하여 20세기 가톨릭 문학의 대논쟁이 벌어졌으니, 즉 '스코비는 영벌을 받았겠는가? 구원을 받았겠는가?'가 그 시비의 초점이다. 대체로 신학자들은 "하느님께서 각자의 운명에 간직하고 계신 섭리에 부당하게 간섭해서는 안 된다"고 비난하고, 작가들은 "저 진실한 고뇌 속에서 남보다 자기의 멸망을 결행한 그의 사후에 하느님께서 안식을 드리워 주시리라고 믿는 것이 왜 나쁘냐"면서 이를 변호하고 있다.

여하간 여기에 이르러서 그린은 앞서 〈권력과 영광〉에서 연민이 지니고 있는 빛(明)의 면, 즉 희망보다도 어둠(暗)의 면, 고통이나 비극적인 면을 여지없이 그려놓고 있다.

끝으로 〈사랑의 종말〉에서 소설가인 벤드릭스(이 소설의 1인칭 화자)는 고위 관리인 친구 헨리 마일즈의 아내 사라와 절망적이라고 할 만큼 지독한 불륜의 사랑에 빠진다. 심지어 그들은 남편 헨리가 앓아 누워 있는 바로 옆방에서까지 정욕의 불을 태운다.

그러던 어느 날 밤, 독일군의 폭격으로 그들이 치정을 저지르던 건물이 무너지며 벤드릭스가 기둥과 벽돌 밑에 깔려 버린다. 이때 사라는 그 순간 그가 죽을 것이라고 여기고 신자가 아니면서도 그대로 꿇어앉아 믿지도 않던 신에게 기도를 올린다. 즉, 이 사람만 살려 주면 앞으로 그와의 관계를 끊어 버리겠노라고 맹세까지 한다.

그런데 벤드릭스는 기적적으로 살아나자, 사라는 이것을 하느님이 자기의 기도를 들어주신 것이라고 믿는다. 그렇지만 사라는 신에게 한 맹세와 벤드릭스에 대한 정욕 사이에서 처절한 고민을 한다. 그리고 마침내 신에게 바친 맹세를 따라서 벤드릭스에 대한 사랑을 승화시켜 보다 높은 신에 대한 사랑으로 변용시킨다는 줄거리다.

결국 단적으로 그 주제를 분석하면 선은 악을 통해, 사랑은 미움을 통해, 구원은 죄를 통해야만 도달되며 그 과정에는 거기에 비례하는 불안과 고통을 거쳐야 하며 그것들을 견뎌내야 획득된다는 것이다.

그러면 어째서 그린은 이렇듯 인간 심연의 죄나 악을 마치 비호나 하듯 그리고 있는 것일까? 또 어째서 그것을 마치 신에게서 은총을 끌어내고 신에게 도달하는 사다리처럼 삼은 것일까?

여기에 대해서는 역시 금세기의 위대한 또 하나의 가톨릭 작가인 프랑수아 모리악의 "작가가 죄에 더럽혀진 인간성을 파헤쳐 놓아야 하는 것은 그 안에 깃들인 악의 저쪽에 우리 크리스천들이 확신하고 있는 또 하나의 사실이 실재하기 때문이다. 그것은 바로 또 하나의 빛이 작가의 불안한 눈앞에서 그 죄를 정화하고 성화한다는 사실이다. 작가는 이 빛의 증인이 되어야 한다"라는 말이 해답이 될 것이며, 또 성 바울로 사도의 "죄가 많은 곳에는 은총도 풍성하게 내렸습니다"(로마서 5:20)라는 말씀이 이를 뒷받침해 줄 것이다.

발밑을 살피다

- 조고각하照顧脚下 -

어디서 주워 읽은 이야기를 앵무새처럼 그저 옮기는 것인데, 중국 당나라 숙종 때 국사인 혜충慧忠, 즉 충국사忠國師가 입적 시에 임금이 국사가 돌아가면 누구에게 법을 묻느냐고 한즉, "시방 그가 어디 있는지는 모르오나 소승의 법제法弟로 '나찬 懶瓚'이란 화상이 있사온데 그를 찾아 법을 들으시면 좋을 것이 외다"라고 유언하였다.

그래서 그가 세상을 떠난 후 임금은 사신을 파견해서 사방으로 나찬 화상을 찾게 하였다. 이리저리 수소문해서 사신이 마침내 어느 산속에서 나찬 화상을 만나게 되었는데, 그는 그때 말린 쇠똥으로 불을 지펴 감자를 구워 먹고 있었다.

사신이 그에게 다가가 정중하게 인사하고 임금의 뜻을 전하니 그는 대꾸도 않고 그대로 감자 구워 먹는 일에만 열중해 있을 뿐 아니라 콧물을 질질 흘리면서 그것을 훔치지도 않았다.

사신은 그가 임금의 전지(傳旨)를 받으면 놀라고 기뻐하고 황송해할 줄 알았는데 대답도 없는 데다 콧물도 닦지 않고 있으니, 그 무례에 슬그머니 화가 나서 콧물이나 닦으라고 핀잔을 준즉 그제사 나찬 화상이 입을 벌려 한말씀 하시기를, "어찌 속인을 위해 코를 닦을 틈이 있으리요" 하더라는 얘기다.

서양의 이와 비슷한 얘기로는 저 그리스 통 속의 철학자 디오게네스가 알렉산더 대왕의 방문을 받고, "햇볕을 가리지 말고 비켜 주오"라고 한 일화가 있다.

오늘날 우리들의 주변을 돌이켜보면 저렇듯 소행 삼매에 들어 있는 사람은커녕 자기 삶을 충실히 하려는 사람들보다 남의 삶이나 세상살이를 떠벌리고 비난하고 통탄하는 데 열중하고 있는 사람들이 너무나 많은 성싶다. 한마디로 말해 제 일과 제 허물은 선반 위에 올려놓거나 제 눈의 대들보는 못 보고 남의 눈의 티끌만을 보거나, 제 발밑은 살피지 않고 세상살이 걱정부터 앞세우는 사람들로 차 있는 것이다.

그래서 이런 사람들이 입 담고 내세우는 말이 아무리 거룩하고 아름답다고 해도 하는 사람에게 있어서나 듣는 사람에게 있어서나 아무런 감명과 감동이 없는 공염불로 끝나는 것은 그 말을 하는 사람의 내면적 진실, 즉 그 말이 지니는 등가량의 윤리적 의지나 그 실천이 결여되어 있기 때문이다.

우리들은 자기망상이나 재망상滓妄想과 싸워서 삼매에 나아갈 정진이나 자기 소업·소임을 성취하기 위한 면려勉勵가 없이 남의 허물이나 세상의 모순만을 들먹거려 마치 자기의 부실과 불명이 남의 탓인 것처럼 하려는 경향이 있다.

저 나찬 화상이나 디오게네스의 경지를 은둔주의, 비현대적 수행이라고 여기는 이가 있을지 모르나, 어떤 형태로든 오늘날도 불가문자佛家文字대로 보림保任의 끊임없는 자기 검토와 성찰 없이는 획득했다고 자처하는 참된 자기를 유지하지 못하고 남과 더불어 할 참된 삶도 이루지 못할 것이다.

오늘서부터 영원을 살자

오늘 제가 강연 제목으로 내세운 것은 '오늘서부터 영원을 살자'입니다. 이것 하나만은 머리에 꼭 넣어 주십시오. 우리가 흔히들 영원이라는 것은 저승에 가서부터 시작되는 것으로 알고 있는데, 사실 이것은 착각입니다. 한마디로 말씀드리자면, 유물론적 자연과학자들도 만유가, 즉 모든 존재 자체가 영원불멸하다는 것은 다 얘기하고 있습니다. 노상 생성과 소멸을 보여주는 산천초목까지도 그 존재 자체가 불멸한다는 것은 모두 다 알고 있습니다.

그래서 우리가 이렇게 오늘 살고 있다는 것, 이것은 곧 영원 속의 한 과정입니다. 우리는 흔히 저승에 가서부터 영원을 살지 하는데, 그런 게 아니고 우리에게는 오늘이 영원 속의 한 표현이고, 부분이고, 한 과정일 뿐입니다.

우리 인간 자체, 그 존재 그 자체가 불멸한다는 것은 분명한 사실입니다. 글쎄 아무리 미미한 잡초 하나도 영원불멸인데 우리 인간이야 더 말할 것도 없지요. 사실 솔직히 말씀드려서 죽은 뒤 어떻게 될는지 하는 그 변용變容 자체는 우리가 모릅니다.

물론 성서에서도 소위 메타포라고 할까, 비유가 있습니다. 기독교에서는 죽음 후의 세계에 대해 흔히 삼층집을 지어 놓고 있죠. 천국, 연옥, 지옥, 이렇게 지어 놓고 있고, 또 불교에서도 중생육도衆生六道로 윤회한다고 그럽니다. 그래서 소위 축생지도畜生之道에 가면 앞날 도로 짐승이 돼서 세상에 태어나게 되고, 또 아귀지도餓鬼之道에 간다든가, 천상지도天上之道에 간다든가, 지옥에 간다고 하죠. 물론 불교에서 지옥도라는 것은 영벌 상태는 아닙니다. 그러나 그것은 말하자면 하나의 메타포죠. 엄밀하게 말하면 우리의 나자렛 예수께서도 돌아가실 때의 맨 마지막 말씀이 "아버지! 제 영혼을 당신께 맡깁니다" 그랬거든요.

사실 우리는 죽음 후의 어떤 변용에 관해, 말하자면 우리가 시공을 초월해서 완성되기 전까지는 그 변용의 상태에 관해 모릅니다. 물론 그렇게 완성된 상태로 돌아가신 분이 바로 저 나자렛 예수시죠. 기독교 신학자이며 고고학자이자 철학자이기도 한 테야르 드 샤르뎅Teilhard de Chardin 신부 같은 사람은 그것을 오메가 포인트라 하고, 또 불교에서는 왕생극락往生極樂

상태라고 해요. 윤회가 멎고 시공을 초월해서 완성된 상태를 그렇게 말합니다. 그러나 그것도 다 하나의 메타포일 뿐입니다.

제가 경봉 스님이라고 통도사 조실을 하시던 분과 친분이 있었어요. 그분 생전에 서너 번 뵌 데다 인연이 깊어선지 마침 부산에 갔던 차에 그분이 돌아가셨다고 해서 문상을 갔습니다. 갔더니 문상객들이 천막 밑에 모여 앉아서 얘기들을 나누는데, 그분의 임종게가 뭐냐고 하니까 "야반삼경에 대문 빗장을 만져 보거라"였다고 얘기합니다.

그런 이야기들을 나누다가 적막한 생각이 나서 슬슬 그분이 사시던 암자로 올라갔는데, 그 큰스님을 시봉하던 스님 한 분이 나를 반갑게 맞아 줘요. 그래서 "큰스님 임종게가 무슨 뜻이에요?"라고 물었죠. 그랬더니 그 시봉 스님이 말하기를 그것은 명정 스님에게 하신 말씀이고, 자기가 임종 직전 "큰스님, 이제 가시면 어디로 가세요?" 하고 물었더니 큰스님 말씀이 "그걸 내가 어떻게 알아" 그러시더래요. 나는 그 얘기를 듣고서 '이야말로 진리로구나' 했습니다.

사실 우리 육신의 목숨이 진 후에 시공을 초월한 영육 간의 완성 상태에 도달하는 것이 어떤 과정과 변형을 거쳐 이루어지느냐 하는 것과, 또한 완성된 모상이 어떠하냐 하는 것은 신비에 속한다고 저는 그렇게 알고 또 믿고 있습니다.

이제 본론으로 들어가서 우리가 죽음이라는 것을 떠올릴 때에는 으레 두 가지 불안과 공포를 갖게 됩니다. 첫째는 죽음에 이르는 육신적 고통입니다.

저는 가톨릭 신자로서 매일 '선종을 위한 기도'란 걸 합니다. 그저 잘 죽기 위한 기도라고도 할 수 있는데, 그걸 할 때 밤낮 축원을 뭐라고 하는고 하니, 그렇게 살짝 잘 죽기는 염치없으니깐 그저 3개월쯤만 고통을 주시다가 그다음에 데려가 주십시오라고 합니다. 이게 제 노상 축원이올시다.

그런 죽음에 이르는 육신적 고통이 불안과 공포의 대상인 것은 사실입니다. 그런데 그 육신적 고통에 대한 불안과 공포라는 것이 어느 정도일 때는 괜찮습니다. 제 경험을 얘기하자면 저는 해방 직후에 북한에서 필화 사건을 입고 반동 작가로 몰려 공산당의 결정서라는 것을 받게 되었습니다. 말하자면 일종의 낙인이 찍혀서 잡혀 들어가게 되었는데, 도주하다가 그만 연천(당시 북한 지역이었음)에 와서 붙잡혔어요. 거기에서 근 3개월 동안을 유치장에 갇혀 있었는데, 뭐 그 후에 이러저러한 곡절로써 어떻게 탈주했는가는 여기서 얘기할 바가 아니고, 단지 아침저녁으로 주는 대두박(大豆粕 : 콩깻묵) 한 덩이로 연명하는데, 그때 저의 절실한 심경을 그대로 얘기하면 빨리 내다가 죽여 주기를 그렇게 바랄 수가 없었어요.

육신적 고통이 극한 상태에 이르면 빨리 죽기를 바라게 됩니다. 그것은 심신 모두가 그렇죠. 현실적으로는 우리가 자살하는 사람들을 보잖아요. 동반자살도 보고. 저는 또 그 후에도 일본에서 폐결핵으로 대수술을 두 번이나 받았습니다. 그때 첫 번 한 것이 잘못되어 가지고 정말 숨을 쉬기가 힘들고 그러니까, 빨리 숨이 끊어져 줬으면 하는 그런 경험을 직접적으로 했어요. 다시 말해서, 육신의 고통이 극한에 이르게 되면 오히려 죽음을 바라게 되지요.

그런데 소위 무신론적인 사람들, 더구나 인간의 영생을 믿지 않는 사람들, 말하자면 우리가 영원한 존재라는 것을 부정하고 있는 사람들을 나는 이상하게 생각해요. 죽은 후 완전 소멸이 된다면, 얼마든지 안락사가 되니까 약 먹고 죽어 버리지 그거 뭣하러 살고 있으면서, 그 고통을 그렇게들 견딜 게 뭐냐 하는 생각이 들어요.

결국 그들이 어떤 생각을 갖고 있고, 그 종교가 무엇이건 간에 죽음에 대한 불안과 공포의 가장 근원적인 건 무엇인고 하니 죽음 후에 있을 길흉이에요. 말하자면 좋은 데 가느냐 그렇지 않으면 어떤 형벌 속에 자기가 그만 빠지느냐, 그 길흉에 대한 고민이 죽음의 불안과 공포의 대상이라고 저는 생각해요. 가령 사후에 행복이 완전히 보장되어 있다면 마치 충족한 차림으로 외국 여행을 떠나듯, 복된 땅으로 이민을 가듯 동경과 호기심과 즐거움을 가지고 죽음을 맞이할 수 있지 않겠습니까? 거듭 얘기하지만 내세를 믿지 않고 완전히 무신적인 사람이라는 건, 저 같으면 바로 안락사를 선택하겠어요. "3개월만 고통을 주십시오" 하는 그런 청원도 할 게 없지 않나, 뭐 이런 소박한 느낌을 갖고 있습니다.

그런데 내세의 길흉에 대한 불안과 공포라면 그것을 저승에 가서 시작할 생각을 하면 늦어요. 말하자면 오늘이 영원과 무한의 한 과정이고, 한 시간이고, 한 공간입니다. 그러니까 오늘서부터 우리는 영원을 살아야 한다는 것입니다.

그러면 어떻게 하면 영원을 다행하게 살 수 있는가, 쉽게 말해서 그 비결이 무엇이냐 하는 문제가 남습니다. 그것은 그리 어려운 게 아니에요. 너무나 잘 아시겠지만 나자렛 예수께 바리사이파 사람들이 와서 묻잖아요. 어떻게 하면 당신이 말하는 구원을 얻을 수 있느냐, 그 영원한 나라에 들어갈 수 있느냐고 하니까 하느님을 더없이 섬기고 이웃을 사랑하라고 하십니다. 그러면 그 이웃이 누구냐고 물으니까 예리고로 가던 도중 강도를 만나 죽어 가는 유다 사람을 구해 주는 사마리아 사람의 일화를 말씀하십니다.

조금 생뚱스러운 것 같지만 진화론을 빌려서 얘기를 하면, 우리 인류는 20억 년 전에 단세포 생물에서 진화하여 14억 5천만 년 전에 이르러서는 어류가 되었다고 합니다. 그때 벌써 정情이 생긴답니다. 그러다 4억 5천만 년 전에 오면 짐승, 소위 수류獸類가 되어서 정이 새끼에 미친다고 합니다. 그런데 백만 년대에 와서 인류가 되면 비로소 정이 새끼만이 아니라 타인이나 타 존재에게 미친다 이런 얘깁니다. 타 존재에게 미치는 정, 소위 이것이 인정人情이죠. 바로 이 인정이 인간과 여타의 생물을 구별 짓는 인간의 특성이에요.

하기는 "미친 개가 달 보고 짖는다"는 소리가 있긴 해도 개가 달을 사랑한다고는 말 못 하죠. 이렇듯 인간이기 때문에 달이라든가 꽃이라든가 타 존재에게 우리의 정이 미치는 것이죠. 이 것이 인류의 특성이에요. 예수께서 말씀하신 이웃 사랑이니, 석가모니가 말씀하시는 자비니, 또 공자가 말씀하시는 어짊(仁)이니 하는 것은 한마디로 말해서 인정의 발휘를 의미하는 것이죠.

흔히들 사랑을 하라고 하면 "내가 뭐 가진 게 있어야지", "내가 뭐 능력이 있어야지" 하는 경우가 많습니다. 사랑이라는 것을 소유나 능력으로 아는데 이것이 얼마나 착각인고 하니, 나자렛 예수나 석가모니나 공자 같은 분이 어떤 사람만이 가진 소유나 능력을 모든 인류에게 요구하셨겠습니까? 모든 사람에게 어떤 사람만이 가진 소유나 능력을 요구하시지 않죠. 요구하신 게 뭐냐 하면 별게 아닙니다, 인정의 발휘예요. 그것을 더군다나 나자렛 예수께서는 구체적으로 설명을 하고 계세요.

그 얘기를 하기 위해서는 여러분 다 아시는 얘기지만, 이미 위에서 쳐든 예수께서 말씀하신바 사마리아 사람의 인정 얘기를 읽어 보겠습니다.

"……그런데 이때 어떤 사마리아 사람은 길을 가다가 그 참변을 보고는 (여기 이렇게 써 있습니다) 가엾은 생각이 나서 그 사람에게 달려가 상처에 기름과 포도주를 붓고 싸매어 주고는 나귀에 태워 여관까지 데리고 가서는 주인에게 돈을 주면서 '여비가 더 들면 내가 돌아오는 길에 갚겠소'라고 말했다." 예수께서는 이런 일화를 말씀하시면서, 율법학자에게 "당신도 가서 그렇게 하시오"라고 덧붙이셨다는 것입니다.

이처럼 예수께서 "네 이웃을 사랑하라"는 대목에 관해 구체적인 예를 드신 것이 별게 아니에요. 사마리아 사람은 가엾은 생각이 나서 소위 인정을 베풀었을 뿐이에요.

내가 읽은 책 중에 《성인이 되는 비결》이라는 것으로서 윌리엄 도일이라는 가톨릭 성자의 일기와 메모인데, 한번 들려 드리겠습니다.

- 어린이들에게 부드럽고, 솔직하고, 또한 참을성을 가지고
  대할 것.
- 결코 남에게 나의 괴로움이나 근심 걱정이나 일의 분량 등
  을 말하지 않을 것.
- 불친절, 분노, 또는 야박한 말을 입에 올리지 말 것.
- 남에게 대하여, 또는 모든 일에 대하여 불평을 말하지 않
  을 것.
- 언제나 시간을 정확히 지킬 것.
- 작은 고통에 대하여 위안을 찾지 말 것.

　마치 '명랑한 생활운동' 같은 얘기가 성인이 되는 비결이라고
써 있는데, 그 성인은 이런 말을 하고 있습니다. "큰 선행에는
기회가 있어야 하고 얼마쯤의 외적 영예가 따른다." 사실 이른
바 한재旱災다, 또는 그렇지 않으면 비가 너무 와서 홍수가 나든
가 했을 때, 즉 천만 원을 내면 이름이 신문에 나고, 일억쯤 내
면 사진까지 나는 식의 외적인 영예가 따르죠.
　그리고 그는 이어서 "그러나 하느님과 자신만이 아는 작은 희
생의 기회는 쉴 새 없이 있는 까닭에 더 어렵다. 큰 시련에는 사
람의 주목을 끌고 거기에 다소 만족이 있지만 그것은 일시적인
것이요. 작은 극기의 기회는 언제나 남몰래 우리 옆에 따라붙고
있다." 이렇게 적혀 있는데 사실이 그렇습니다.

굳이 남을 찾아가서 인정을 베풀 게 아니에요. 아침 눈뜨면서부터 자기 가족을 비롯해 이웃에게 인정을 잘 발휘하면 그게 곧 사랑을 실천하는, 말하자면 영원을 사는 바로 그 모습이에요. 그러니까 우리는 그런 평계를 말아야 합니다. 심지어 거리를 가다가도 자기가 할 수 있는 일이 정말 쉴 새 없이 있어요. 인정이라는 것은 컵 안의 물처럼 마시면 그대로 다 사라지는 게 아니고 푸면 풀수록 점점 더 샘처럼 솟아나오는 것입니다. 인정 자체가 그렇습니다.

제가 이 자리에서 '오늘서부터 영원을 살자'는 얘기를 하는 것도 영원의 한 과정일 뿐입니다. 영원이라는 게 따로 있는 것이 아닙니다. 그리고 그 방법 자체도 별게 아니고 그저 인간이 모든 사람들이 다 공유하고 있는 정, 그 자체를 잘 발휘하는 것, 이것이 오늘서부터 영원을 사는 길이라는 것을 말하고 싶습니다. 이런 문제는 제가 창작을 해서 하는 얘기가 아니라 나자렛 예수께서 본보기까지 다 구체적으로 제시해 주고 있는 것입니다.

그러니까 다시 한 번 여러분에게 강조합니다만, 우리는 저승에 가서가 아니라 오늘서부터 영원을 살 것을 서로 다짐하십시다. 이것으로써 제 얘기를 끝내고자 합니다.

망자와 더불어

지난 섣달 어느 날 〈나는 살고 싶다〉라는 영화를 보고 생명을 향한 긴장감 속에 싸여 거리를 허청이는데, 조각가 차근호 공의 음독의 보報를 접했다. 병원엘 달려가니 차공은 이미 산소호흡기를 문 채 나가자빠져 있었고 매씨妹氏는 빈 약지藥紙 40봉을 내보이며 울고 덤볐다. 요, 독종아! 그저 살아만 다고. 나는 내심 욕하며, 달래며, 울며 바랐으나 그는 주위의 애간장만을 태우며 녹이다 닷새 만에 그예 갔다.

유족들이 뒤지니 그는 종잇조각에 "4월 혁명의 대의를 보아서도 나같이 박명薄命한 인간은 사양한다 하여도 마땅하다 할 것이다. 그러므로 내가 스스로의 죽음을 택하게 된 원인은 인간으로서의 신념과 예술가로서의 의지의 상실을 슬퍼함에 있는 것이니, 어디까지나 객관적인 조건이 개재치 않는 개체의 문제인 것을 여기에 명백하게 말해 두는 것이다"라고 적어 놓았더란다.

홍제동 불아궁이에 처넣고 돌아오다 나는 시인 일초一超 스님과 목욕탕엘 들러 고약한 심정을 억눌렀다. 이렇듯 참된 한 예술가의 치명致命이 호소무처呼訴無處다.

정초를 왜관 소굴서 보내다 귀경하려고 차비를 하는데 대구서 전인傳人이 왔다. 가톨릭시보사 김용태金龍泰 형의 임종이 경각이란다. 노순路順을 급변시켜 읍차邑車를 몰아가니 그는 내 손을 꼭 붙잡고 주위를 꺼리며 일어日語로 한다는 소리.

"상! 나는 간다. 너에게 유족의 부담을 줄지도 모른다. 그것은 미안하이. 내가 이제 돌이켜보니 인생이란 희비喜悲의 경계를 넘나드는 것이었구나! 오직 이 속에서 신앙적 열락悅樂만이 참되었고 또 있는 것이리라. 나는 오늘 밤 떠난다. 나의 가슴에 찰 훈장은 없느냐."

고산故山의 형제요, 수의修衣 없는 수도사, 그는 그의 말과 같이 그 밤으로 운명했다.

나는 평신도로서 사도직에 종신봉공終身奉公한 그에게 채워 보냈어야 할 훈장의 마련은커녕 유족에게 조위문吊慰文 한 장도 안 보내고 그렁성 산다.

서울엘 왔다. 모처럼 우리 일족 낭객浪客들의 거리 사랑인 거창

집엘 점심 요기하러 들렀더니 이건 또 웬 말인가! 우한룡禹漢龍 선생의 급고急故다. 반도호텔에서 사회당 통합회의인가 하다가 졸도를 했다는 게다.

병원 시체실로, 집으로 하여 찾아가서 덮은 홑이불을 벗겨 보니 그 순하디순한 얼굴만 말짱하지 않은가!

이건 유서나 유언 한마디도 없다. 평생을 민족과 무산계급과 나아가서는 인류 '해방'에 '아나키스트'로의 그 이념, 방법이야 어떻든 혼신을 바쳐 온 그, 나와는 이李 독재의 희생물로서 영어圈圄 생활을 같이한 그, 그는 어느 영웅보다도 피 묻은 사연이 많건만 이렇듯 공연하게 가버리고 말았다.

그날 밤 나는 허탈에 차서 빈소도 버리고 돌아오니 집에는 또다시 부보 한 장이 날아와 있었다. 부산 자유민보사 편집국장 조계흠趙桂欽 형이었다.

그나 나나 살뜰한 교정交情은 안 가졌으나 의기意氣의 동지로서 또는 옥석玉石 같은 그 인품을 나는 못내 흠모해 오던 바다.

그 이튿날 노석奴石 박영환朴永煥 형 음신音信에는 최후도 장례도 너무 허전했으니 추도회라도 우리 족속들이 다시 가져야겠다는 충정이었다.

나는 이러구러 송구영신送舊迎新을 우애로나 지기志氣로나 결코 무심할 수 없는 망자亡者들 속에 싸여 보내고 있다.

화가 중섭우仲燮友나 소설가 무영 선생이 작고했을 때엔 울기도 많이 했는데, 혼자라도 시원스레 한번 울어 보면 싫어도 눈물도 안 나온다. 유족들에겐 인사치레조차 숫제 고통스럽다.

생전 망자 각 개인의 그만이 지니던 천재적인 격정, 독신자篤信者의 성실, 혁명자의 기우氣宇, 시민적 온유溫柔가 얼어드는 이 밤, 시방도 나의 가슴을 훈훈하게 데우고 있건만, 아니 그들의 분노와 희열과 비애와 소망과 낙망이 나의 머리를 뒤흔들고 있건만, 나는 그들의 혼백을 위로할 노래 한마디 없이 이 고절孤絶을 견딘다는 게 참으로 신기스러울 뿐이다.

일전 나에게 오셨던 척파尺坡 송전도宋銓度 옹은 이렇게 독백하셨다.

"모두들 그렇게 사라지는 것을 보면 낳은 것도 없어."

불도자佛道者인 그는 생生을 환幻이라고 나에게 타이르시는 것이리라.

오늘 문전門前에 와서 10분만 전도 구걸을 청해 온 '예수그리스도교회' 미국 젊은이 둘은 마태오복음 5장 8절을 읽어 주며 서툰 한글로 "사람은 온전하게 될 수 있다"라고 메모지에 굳이 써주고 갔다. 저분네들은 참말로 무엇이 보이며 깨닫고 있을 겐가?

이 설월雪月 삼경三更! 은은殷殷 속에 나는 이름 모를 짐승 되어 컹컹 울부짖는다.

저 망자를 어쩌란 말이냐!
이 생자生者를 어쩌란 말이냐!
나는 나를 어쩌란 말이냐!

아름다운 시비

5부

인간 왜소화

어느 문화적 모임에서 한 분이 그저 말끝에 무심코 하는 얘기로 "세상만사 시키는 대로 하면 되는 거죠. 또 그 외엔 딴 도리도 없구요" 하니 그 자리에 폭소가 터졌다. 또 이와 얘기는 좀 다르지만 외국에서 근 20년을 살다가 귀국한 친지의 술회인즉, "오늘의 한국이 물량적 발전은 놀랍기 그지없을 정도지만 그 인간 자체들은 퍽 잘아진(왜소화) 느낌이다"라는 것이었다.

그런 얘기를 들으면서 전체 사회까지 따지지 않더라도 내 주위부터 곰곰 살펴볼 때 그 근기根氣나 기국器局이 큰 인물은 다 가고 그야말로 시류가 시키는 대로만 사는 인간들만 남은 성싶다.

내가 친히 훈도를 받았거나 우애를 지녔던 분을 언뜻 떠올려도 공초 오상순, 수주樹州 변영로卞榮魯 같은 시인이나 김범부

金凡父, 김익진 같은 석학이나 화가 이중섭, 조각가 차근호 같은 천재나 또는 외교 관리였던 장철수張澈壽, 포대령砲大領 이기련李鎮鍊 같은 기인들까지를 오늘의 동도同途의 인물들과 대비하여 추모할 때 그분들이 이승을 떠난 지 불과 20년 미만인데도 마치 저《삼국유사》에 나오는 전설적 인물들처럼 커 뵈고 아득하다.

《삼국유사》 얘기가 나왔으니 말이지 나는 그 책을 읽을 때마다 저 천 년도 훨씬 전에 우리 조상들이 펼쳐 보인 그 인간살이의 모습이나 그들의 비전으로 지녔던 인간상에 감동을 넘어 황홀해지곤 한다. 그 예를 일일이 들 것도 없이 향가鄕歌 14수에 얽혀 있는 설화의 인간 모습들만을 연상해 주어도 나의 이 말이 대번 수긍이 가리라.

그들의 달관達觀 · 고매高邁 · 활달豁達 · 해학諧謔 · 우아優雅 · 순후淳厚한 인간 모습과 그 융화는 인류의 이상상理想像이라고 하여도 결코 과언이 아니라고 나는 생각한다.

그런데 그것이 누구도 아닌 바로 우리 선조들의 모습이었으니 한마디로 하면 오늘의 타락하고 오손汚損되고 왜소화한 우리들의 모습을 우리 겨레의 저 진면목 속에다 비추어 반성하고 되찾아내고 회복하여야 할 것이다.

아름다운 시비

지난번 중국을 다녀오다 한국에 들른 홀부르크 미 국무부 차관보는 "한국인은 흑백을 가리길 좋아해서 좋은 점도 있으나 어려운 점도 있다"는 술회를 하고 갔습니다. 좀 무례하다고 여겨지는 이 말에서 외교 사령辭令을 걷어내고 그 진의를 가려낸다면 '사물이나 사리事理의 옳고 그른 것과 좋고 나쁜 것을 가리는 것은 좋으나 그렇듯 단순하게 흑백으로 판별 지으려 드는 것은 옳지 않다'는 얘기가 될 것입니다.

실상 우리의 수많은 시비是非를 객관적으로 냉정하게 따져 보면 쌍방 서로가 상대방이나 그 주장에 대해선 전면 부정적이요, 자기편이나 그 주장은 절대화하는 경향이 있습니다.

그런데 일반적으로 시비라는 것은 그 발단이나 진전의 과정 속에 상대방의 과실이나 오류뿐 아니라 자기나 자기편의 과오와 실책이 함께 들어 있게 마련인데, 저렇듯 전면 부정과 전면 긍정, 즉 흑백으로 단순화한다는 것은 우리의 크나큰 결함과 단점이라 아니할 수 없습니다.

이상은 내가 어느 신문 칼럼란에 쓴 앞부분인데, 독자로부터 "시비야 어디까지나 옳고 그른 쪽이 있게 마련이지, 그렇듯 흐리멍텅한 얘기를 해서 세상을 더욱 혼미케 하느냐"는 항의가 두 번이나 있었기에 이번엔 여기에다 내가 아는, 그것도 '아름다운 시비' 하나를 예로 들어 그 맹점을 함께 살펴볼까 한다.

내가 형으로 모시는 70객 노시인이 있는데, 그의 외동딸은 출가해서 외국으로 이민을 가고 노부부가 부산 교외에 있는 산속 공원묘지의 관리인 노릇을 하며 아주 자연에 몰입해서 살고 있다.

그런데 이즈막 그들 노부부는 때때로 자기들의 죽음을 놓고 '누가 먼저 가는 것이 옳으냐'로 말시비를 벌이는데 그 부인의 주장에 의하면,

"당신이 먼저 가셔야 합니다. 눈앞에 자식도 없는 터에 내가 먼저 가면 늙은 영감쟁이 수발을 누가 하겠어요? 지금도 취중

에는 가끔 방 안에서 대소변 시중까지 해야 하는데 그런 주책
과 망령을 누가 감당하겠어요?"
라는 충정衷情의 사리요, 한편 남편의 견해인즉,

"그것은 안 될 말씀이야! 역시 나보다 당신이 먼저 가야 해
요. 당신 혼자서는 도저히 이 산속에 살 수가 없고 그렇다고 이
제 산을 내려가서 살 수도 없을 터이니 어쨌거나 고생을 해도
내가 남아서 해야 돼."
라는 진정 어린 토로가 상반되어서이다.

나는 저러한 사연의 글발을 읽고 서울에 다니러 온 노시인
에게,

"먼저 가시라니 서운합디까? 그야 아주머님 말씀대로 형이
먼저 가셔야지! 그 늙은 홀아비 궁상과 주접, 나부터가 못 봐
줄 텐데……."
하고 일단 부인에게 가담을 했다.

그러나 그 뒤 곰곰이 생각해 보니 혼자 남을 부인의 처지도
차마 취택할 바가 아니어서 요다음에 만나면 그 판정을 취소
할 작정이었다.

그러다가 그 후 어느 날 또 저들의 죽음의 선후 문제를 나 자
신에게도 비춰서 생각다가 홀연, '죽음이 우리 마음대로 되지
않는다'는 사실을 깨닫고선 스스로 어이가 없었다.

인간꽃밭

사람에겐 타고난 성질, 즉 천성이 있어 이것은 고쳐지지도 바뀌지도 않는다는 것을 나이가 들어 갈수록 더욱 깊이 깨닫는다. 물론 나는 교육의 효과도 모르지 않고 또 환경의 영향력도 무시하지 않지만, 교육이나 환경이 그 천성을 살리는 역할을 하는 것이지 천성을 개변할 수 있다고는 여기지 않는다. 만일 그런 인간적인 노력으로 천성이 바뀌었다면 그것은 본디가 적응되기 쉬운 천성의 소유자였다고나 하겠다.

우리가 흔히 보는 바지만, 부모형제가 별로 관심을 갖지 않아도 말썽 없이 자라는 사람이 있는가 하면 아무리 타이르고 닦달질을 해도 말썽꾸러기가 있으며, 또 아무리 유족한 집안에서 자라도 물건이나 돈을 아끼는 사람이 있는가 하면 오히려 물건에 시달려 자랐으면서도 헤프거나 손이 큰 사람이 있고, 별로 교육을 못 받았어도 인사성이 아주 밝은 사람이 있는가 하면 학식이 많은 사람 중에도 인사치레에는 무관심한 사람이 있다. 또한 저런 사람들의 저마다의 성질은 아무리 충고를 한다 해도 별로 효과를 못 본다.

그리고 나는 어려서 말썽 없는 사람과 말썽 많은 사람, 물건을 아끼는 사람과 물건을 대수롭지 않게 여기는 사람, 인사성이 밝은 사람과 인사치레를 싫어하는 사람 중 어느 쪽이 그 천성을 잘 타고났다고 가려 말할 수는 없는 것이라고 믿는다.

실상 천성이란 그 특성을 잘 쓰고 잘 발휘하면 그것이 곧 장점이나 미덕이나 매력이 되는 것이요, 그것을 잘못 쓰고 잘못 발휘하면 약점이나 악덕이나 흉허물이 되는 것이다. 가령 경솔하다고 하는 사람이 그 특성을 잘 발휘하면 민첩한 사람이 되는 것이고, 침착한 사람이 그 특성을 잘못 발휘하면 둔중하고 미련한 사람이 된다.

이 세상에는 그야말로 천차만별의 천성이 서로 다른 사람들끼리 살고 있다. 까불이, 느림보, 배짱꾼, 겁쟁이, 무골충無骨蟲, 울보, 재치꾼, 떠벌이, 이렇게 결함으로 표현되는 천성들도 하나의 미성未成과 미숙으로 보면 즐겁기 짝이 없다. 또한 당사자들도 이런 자기 천성의 미개발이나 미숙을 불만이나 체념으로 임하지 말고 자각을 가지고 자기 책임 하에 잘 키워 나가고 다스려 나갈 때 그의 삶은 보람을 찾으리라.

그러므로 마치 꽃밭에 각색 꽃이 서로 아무런 장해 없이 만발하듯 인간도 각양각색의 천성을 만개시키는 것이 본래적인 모습이요, 이상이요, 또한 사명이다.

그러기 위해서는 먼저 우리는 서로 다른 천성이 모여 산다는 이 간단하고도 근본적인 자각 위에 서야 하고, 시몬 베이유의 말대로 인간은 서로의 그 거리(상위점)를 사랑하여야 하겠다. 요즘 하도 인간이 규격품화해 가고 몰개성화해 가는 풍조가 미만하기에 이런 당연한 이야기를 써본다.

여성 3제

겉을 꾸미는 물건, 안을 가꾸는 사람

여성은 미, 특히 외형적 아름다움을 추구한다. 오늘날 우리 여성들이 얼굴이나 맵시를 비롯한 육체적 아름다움을 위하여 바치는 돈과 시간과 정성은 실로 엄청나다. 칠하고 바르고 문지르고 뿌리고 장식하고 인치나 파운드의 규격에 맞추기 위해 미용체조를 하고 단식을 하고 성형수술을 하고 그야말로 혼신의 노력을 기울인다.

그런데 여성은 결코 물건이 아니요, 사람인 데 문제가 있다. 사람은 결코 얼굴이나 몸의 부분적 생김새나 그 치장만으로 미가 성립될 수 없기 때문이다.

나도 어디서 주워 읽은 지식이지만 심령과학의 주장에 의하면 모든 사람에게는 후광後光 또는 광배光背라는 것이 있다고 한다. 그것을 '오라aura'라 하는데, 성자나 현인에게는 그 빛이 맑고 밝고 깨끗하며, 그와 반대로 정신 상태가 불안하거나 건강 상태가 불량할수록 그 빛이 붉고 검고 어둡게 나타난다고 한다.

이것은 그런 전문적인 고찰이 아니라도 짐작할 수 있다. 어떤 사람의 얼굴은 그 사람의 그때그때의 심기나 건강의 좋고 나쁨에 따라 변화를 일으킨다. 이는 스스로 또는 남의 모습에서 일상적으로 체험하고 있는 바다.

그뿐 아니라 우리는 어떤 사람이 지닌 교양이나 정서나 인격 여하가 그의 외형을 돋보이게도 하고 실망을 주기도 하는 것을 당연하게 받아들인다. 그래서 아무리 외형적으로 조형미를 갖추고 있다 하더라도 그 사람의 언어나 행동에 무식이나 천박이 드러났을 때는 오히려 그 미에서 불쾌감을 더욱 느끼게 된다.

왜냐하면 미란 본질적으로 어떤 형태가 아니라 그 형태가 내포하는 이데아의 창조 행위이기 때문이다. 그래서 자기에게 하늘로부터 주신 육신, 즉 그 재료를 가지고 스스로가 자기의 미를 창조해야 하는 것이다. 여기에 이르는 최상의 길은 – 진부한 표현 같지만 – 무엇보다도 '덕이 몸에 흐르는〔德潤身〕경지'에 나아감이라 하겠다. 여기서 덕이란 어렵게 생각 말고 고운 마음씨 정도로 이해해 주었으면 한다.

아무리 반지르르한 얼굴을 타고났더라도 마음씨를 못되게 쓸 때 그 미는 모두에게 받아들여지지 않고, 이와 반대로 얼굴이 못났더라도 - 소위 타고난 미인이 아니더라도 마음씨를 곱게 쓰면 그 모습은 돋보이게 마련이다.

그리고 엄밀한 의미에선 아름다운 얼굴이라든가 아름다운 사람이 따로 있는 것이 아니라, 어떤 사람이 그의 삶 속에 지니는 '아름답게 보이는 순간'을 뜻한다. 즉, 한 사람이 발휘하던 마음씨의 아름다움이 그 외형을 살리는 그런 순간을 말하는 것이다.

가령 그 예를 붐비는 버스 속에서 찾는다면, 앉은 사람이 서 있는 사람에게 자리를 양보한다든가 짐을 자청해서 받을 때의 그 사람의 얼굴이나, 차장이 노인네나 어린이를 부축해서 태우고 내려줄 때의 얼굴, 발등을 밟히고도 사과를 미소로 받는 얼굴 등, 이런 평범한 일상 속에서도 우리는 아름답게 보이는 얼굴과 사람들을 얼마든지 접할 수 있으며, 결국 그런 얼굴의 지속이 아름다운 사람을 만들어내는 것이리라.

물론 나도 육체미나 외형적 미에 대한 여성들의 노력을 전면 부정하려 드는 것이 아니다. 오직 그와 함께 교양을 쌓고 정서를 기르고 마음을 닦아서 외형적 미의 노력이 수포로 돌아가지 않을 내면적 아름다움을 우리 여성들이 키워 나가 주기를 바라는 데서 이런 이야기를 해보는 것이다.

과시하기 위한 소유인가?

두 번째로 내가 함께 살펴보고 생각해 보려는 것은 여성, 특히 그들이 지니는 허영과 허세의 문제다.

대체로 여성들의 허영과 허세는 남들의 삶과 그 소유의 비교에서 온다. 즉, 남은 저렇게 잘사는데, 남의 집 남편은 저렇게 출세를 잘하는데, 남의 아이들은 반장을 한다는데, 남의 집에는 피아노를 들여놓았다는데, 남의 집에는 차를 샀다는데, 나와 우리 집은 이 주제 이 꼴이 뭐냐는 것이고 이러고서는 살맛이 나겠느냐는 투정과 자격지심이 허영과 허세의 바탕이라 하겠다. 그래서 바로 그런 물건이나 집을 갖추고 남보다 신분적으로 뛰어난 자녀를 갖는 것이 삶의 보람이요, 행복으로 알고 그것을 삶의 목표로까지 삼는다.

이러한 우리 여성들의 사고가 얼마나 집요한가 하는 예를 나는 연전 미국에 있을 때 체험한 적이 있다. 미국에 이민 온 한국 여성들이 미국 생활에서 가장 허전해하는 것은 아무리 좋은 집을 사고 좋은 차를 몰고 좋은 가구를 들여놓고 살아도 고국에서처럼 광光이 안 난다는 것, 즉 남이 알아주지 않는다는 것이 불만이라는 푸념이었다. 더구나 그 자녀들에 대한 신분지향적(이른바 '하이칼라'족을 상위 인간으로 여기는 것) 사고는 미국과 같은 직능 위주의 사회에 가서도 발동되어 우리 젊은이들의 번민의 씨가 되어 있었다. 즉, 내가 하와이대학교에서 가르칠 때 내 강좌를 들었던 당시 교포 학생들의 술회가 이를 단적으로 나타내 주었다.

"우리 부모님, 특히 어머니들은 우리에게 하나같이 하시는 말씀이, 내가 고국을 버리고 미국까지 살러 온 것은 오직 너희가 잘되기를 바라서이지 그렇지 않으면 무엇 때문에 이 낯선 땅에 와서 이 고생을 하겠느냐? 그러니까 너희가 이 사회에서 버젓한 사람으로 출세해 주어야 되지 않겠느냐고 말씀하십니다. 그분들이 바라시는 출세란 의사, 변호사, 공인회계사, 교수, 관리, 그렇지 않으면 일반 회사에서도 관리직으로, 그것은 본국에서도 누구나 되기가 힘든데 이 이민족 사회에서 그렇듯 수월하게 성취할 수 있겠습니까? 이것이 우리 교포 학생들이 학부 졸업기가 임박하면 누구나 하게 되는 고민이고 어떤 친구들은 졸업하자마자 가출 소동을 벌이기도 합니다."

얘기는 달라지지만 옛날 우리가 자랄 적에는 여성들이 겨울이면 여우 목도리를 하는 것으로 유복함을 과시하려 들었는데, 이즈막에는 아마 밍크코트가 상탄賞嘆과 선망의 표적이 되는 성싶다. 그리고 자가용, 특히 캐딜락이나 링컨 같은 고급차를 타는 것이 최고의 행복을 손에 쥔 증표로 삼는 모양이다.

그러나 실은 저러한 물질적 치장이나 호사는 삶의 참다운 보람이나 기쁨과는 전혀 무관하다. 즉, 어떤 사람의 현재가 저러한 소유를 누린다 하여도 그 속에서 삶의 보람을 찾아내지 못하면 그는 자아의 본질적 부분에 오히려 고통을 느끼게 되는 것이다.

적십자사를 창설한 백의의 천사 나이팅게일도 젊었을 때는 오히려 안온한 상류사회의 따님으로서 무엇 하나 부족함이 없는 화려한 생활을 하였다. 그러면서도 자신의 사명감을 찾고자 암중모색했던 불안감을 다음과 같이 일기에 적어 놓았다.

"나의 전 능력을 다 쏟아서 나를 채워 주는 것, 그것만이 나에게 본질적으로 필요한 것이다. 그런데 나에게는 외국 여행, 친절한 벗들, 훌륭한 배필감, 또 무엇무엇, 이것들이 무슨 필요가 있담? 이제 나는 죽음밖에 바랄 것이 없구나."

이상에서 보듯 그러한 소유의 행복보다 삶의 보람이 더욱 자아의 본질을 좌우하고 있음을 알 수 있다.

실상 물질은 인간 욕구의 일부를 일시적으로 만족시킬 수 있지만 그것은 곧 시들해지며 물리고 만다. 물론 그러한 물질적 욕구도 인간 생명력의 한 발현임에는 틀림이 없지만 그것과 정신적·인격적 분리로는 삶의 보람과 동떨어진 결과만을 낳는다 하겠다.

그래서 가톨릭의 성자 프란치스코 살레시우스는 그러한 소유에 의한 허영과 허세를 다음과 같이 세 가지로 구별하여 경고한다. 즉, 첫째 자신의 것이 아닌 것을 자신의 것으로 착각하지 말 것, 둘째 자신의 것이라도 그 소유가 자랑이 되지 않음을 깨달을 것, 셋째 자신의 것이라도 그 소유가 자신에게 가치가 되고 있느냐 없느냐를 판별할 것 등으로서 우리가 되씹고 되새길 잠언이라 하겠다.

애교와 매력일 만큼의 수다

다음은 여성들 중 특히 중년 여성들이 지니기 쉬운 '수다스러움'이다. 어찌 보면 여성이 무뚝뚝하기보다는 상냥해서 말이나 이야기가 좀 많은 편이 오히려 여성의 애교요, 매력이기도 하다.

그러나 말이 많으면 자연히 옳은 말보다 헛말이 많아지고 이것이 지나쳐서 남의 뒷공론이나 흉보기, 나아가서는 헛소문이나 험담을 일삼아서, 그 혀놀림이 자기나 남에게 돌이킬 수 없는 재앙마저 가져온다.

어디서 주워들은 이야기지만 가령 누가 어느 동네에다 어떤 소문을 퍼뜨리자면 제일 쉽고도 빠른 방법으로는 여인네 하나를 찾아서 다음과 같이 말하면 된다고 한다.

"이것은 절대 비밀인데 당신에게만 이야기하는 것이니 그 누구에게도 말하지 마십시오."

이렇게 전제하면서 준비된 이야기를 하면 그 소문은 그 이튿날이면 온 동네에 퍼질 것이라는 얘기다. 어찌 들으면 아주 여성을 모욕하는 이야기로 들리겠지만 이런 만담이 생겨나리만큼 여성들 중에는 혀놀림이 가벼운 이가 많은 것도 사실이다. 이왕 풍자적인 이야기로 시작했으니 결론도 마찬가지의 이야기 하나를 소개하겠는데, 이 역시 오래전에 어디서 주워 읽은 것이라 어느 때 누구의 이야기인지도 기억이 안 난다.

어느 고장에 수다쟁이 여인이 한 사람 있어 때마다 동네 말썽은 다 빚어서 마침내 이웃 사람들이 상대를 안 해주게까지 되었다. 그제야 그녀도 자기의 허물을 깨달았던지 그 고장에 사는 아주 덕망 높은 선생을 찾아가서 간곡히 청하였다.

"선생님! 저도 저의 이 주둥아리의 못된 버릇을 고치려고 때마다 마음을 먹습니다만, 사람의 얼굴만 보면 남의 흉이나 험담이 저절로 나오니 이 나쁜 버릇을 좀 고쳐 주실 수 없겠습니까?"

선생은 흔연히 승낙하면서 말했다.

"좋소! 그런데 당신의 버릇을 고치기 위하여는 채비가 좀 필요하다오. 그것은 별것이 아니라 다음 나를 찾아올 때에 닭을 두세 마리 잡아서 고기는 가족들이 자시고 그 털은 부대에 넣어 가지고 오시오."

그래서 그 여인은 이튿날 아침 당장 닭을 잡고 털을 모아 한 부대에 넣어 가지고 선생을 찾았더니 이번엔 선생은 다음과 같이 지시하는 것이었다.

"그러면 이제 그 악습을 고치기 위해서 동네방네 돌아다니면서 당신이 부대에 넣어 가지고 온 닭털들을 산지사방 뿌리고 오시오."

마침 바람도 알맞게 부는 날이어서 여인은 그 닭털들을 온 동네 이 골목 저 골목에 위세 좋게 뿌리고 돌아왔다. 그러자 선생이 말했다.

"이렇게 말하면 당신은 성낼지 모르지만, 당신의 그 병이 낫기 위해서는 한 번 더 수고를 해주어야겠소. 이제 다시 동네를 돌아다니며 당신이 아까 뿌리고 날린 닭털들을 도로 주워서 부대에 넣어 가지고 오시오!"

그러자 여인은 화를 벌컥 냈다.

"선생님! 그런 정신 나간 주문이 어디 있습니까? 어느 길바닥, 어느 지붕, 어느 풀숲 속으로 사라져 버렸는지 모를 닭털들을 무슨 수로 다시 모아 온단 말입니까?"

선생은 빙긋이 웃으며 근엄하게 타일렀다.

"이제도 당신은 못 알아차립니까? 당신이 실없이 발설한 말들, 특히 남의 흉이나 헛소문들은 마치 당신이 바람에 뿌리고 날린 닭털들처럼 돌아올 수 없는 것이요, 주워 담을 수도 없다오."

이에 여인은 크게 깨우친 바가 있어 그 후로는 남의 흉이나 험담을 안 하게 되었을 뿐 아니라 수다도 떨지 않게 되었다는 이야기다.

들풀과 선물

들풀과 더불어

　나의 집, 여의도 아파트 11층 앞뒤 베란다에는 10여 개나 되는 들풀, 즉 잡초의 화분과 화반이 놓여 있다. 이 들풀들은 5, 6년 전 어느 철인가 봄 국화가 시들어 버린 화분에 제풀에 싹이 돋아 꽃도 피우고 스러져 죽고 또 새로 돋아나는 것을 더러 갈라 옮겨 놓은 것도 있지만, 낡은 화분이나 내버려진 통이나 양푼을 주워다 흙을 담아 놓으면 그 흙에 묻혀 있었거나 바람에 날려온 씨앗들이 싹을 틔운 것들이다.

　그런데 이 들풀들을 가꾸다 보면 오히려 난이니 장미니 국화니 튤립이니 페튜니아니 하는 이름난 화초들보다 훨씬 더 친근감이 가고, 더구나 이것들을 바라보고 있노라면 콘크리트 숲 속

닭장 같은 아파트 11층 구석방에 앉아서도 고향의 들길이나 산기슭을 거니는 느낌이 든다. 그리고 그들 들풀이 피우는 조그맣고 가냘픈 꽃들을 바라볼 때는 저 기독교 성서의 비유대로 솔로몬 왕의 치레 옷이 이에 비할 바 아님을 눈물겹도록 실감한다. 이런 어느 날 끄적거려 본 시 한 편을 소개하면,

아파트 베란다
난초가 죽고 난 화분에
잡초가 제풀에 돋아서
흰 고물 같은 꽃을 피웠다.

저 미미한 풀 한 포기가
영원 속의 이 시간을 차지하여
무한 속의 이 공간을 차지하여
한 떨기 꽃을 피웠다는 사실이
생각하면 생각할수록
신기하기 그지없다.

하기사 나란 존재가 역시
영원 속의 이 시간을 차지하며
무한 속의 이 공간을 차지하며
저 풀꽃과 마주한다는 사실도

생각하면 생각할수록
오묘하기 그지없다.

곰곰 그 일들을 생각하다 나는
그만 나란 존재에서 벗어나
그 풀꽃과 더불어

영원과 무한의 한 표현으로
영원과 무한의 한 부분으로
영원과 무한의 한 사랑으로

이제 여기 존재한다.

- <풀꽃과 더불어>

라는 것이다. 그래서 요즘 친구들에게서 안부 전화를 받으면,

"들풀들하고 그렁성 지내지!"

하고 답하기가 일쑤인데, 상대방은 그것을 오해하여,

"여의도는 모두 중산층인데 잡초는 왜 잡초야?"

하면서 나를 위로하려고 들어 고소를 금치 못한다.

그런 일화로 여기다 덧붙일 이야기는 재작년 여름 어느 날, 내가 하와이대학에 가 있을 때 사귄 미국인 W교수가 서울에 왔다가 내 서재에 들렀는데, 그 얼마 뒤 W교수를 내 집에 안내했

던 그의 한국인 제자가 짐차에다 각종 고급 화분 7, 8개나 싣고
와서 내 서재에 들여놓고선 하는 얘기가,

"W교수가 돌아가서 1백 불을 부쳐 왔어요. 선생님 댁에 화분
을 꼭 사다 드리라고요."
하는 것이었다. 나는 그저 고맙다면서 수긋이 받았지만 그를 보
내고 나서는 그야말로 웃음보를 터뜨렸다. 말하자면 W교수 눈
에는 잡초뿐 화분 하나 변변한 것이 없는 나의 서재가 자못 살
풍경해 보였던 것이리라.

그러나 나의 취향에는 그 외국 친구의 극진한 우애의 선물이
요란하고 현란해서, 또 질리고 버거워서 얼마 안 가 어느 수녀
원에 몽땅 실어 보내고 말았다.

어느 영적 선물

지난 4월 나는 인천에 있는 가톨릭의 신체장애자들의 모임인
'엠마우스회'라는 데 강연을 갔다가 그중 문학을 좋아한다는 반
신불수의 어느 젊은이와 잠시지만 얘기도 나누고 사진을 찍은
일이 있었다. 그 치과기공 기술을 익혀서 자립 생활을 한다는
H군으로부터 그 뒤 사진과 함께 글발을 받았는데,

"선생님의 강연 중에 특히 폴 클로델의 말을 인용하시면서 하

신 말씀, '기독교적 인간이라는 것은 십자가 위의 나자렛 예수가 겪으신 고통, 즉 사지가 찢어지는 아픔을 끝까지 잘 견디고 이기는 사람을 말하는 것이다. 좀 더 구체적으로 설명하면 우리의 마음속에서는 육신과 영혼, 선과 악, 사랑과 미움, 이성과 감성이 끊임없이 서로 물어뜯고 서로 잡아당기며 싸우는데 그 심전心戰에서 잘 견디고 이기는 사람만이 예수의 참된 제자요, 그 부활의 승리를 함께 누릴 것이다'라는 말씀이 실로 감명 깊었습니다. 저도 세례를 받고 오늘날까지 신앙 생활을 충실히 하려고 노력은 했는데 그 어떤 해탈도 없어 스스로 실망하고 있던 차에 그 말씀을 들으니 크게 위안이 되었습니다. 그런 말씀을 해 주신 선생님을 만난 기쁨을 감사하는 뜻에서 로사리오(묵주기도)를 일백 번 바치겠습니다."

라는 것이었다.

이 희귀한 선물을 받고서 영적 생활이 부실한 나는 그에게 화답이 될 만한 기도를 못 하고 있었는데 며칠 전,

"지난번 제가 서면으로 약속드렸던 로사리오 기도를 날마다 한 번씩 드려서 어제로 백 번을 채웠습니다. 선생님 영육 간 평안하십시오"

라는 글발이 왔다.

나는 역시 아직도 그에게 영적으로나 또는 현실적으로나 답례

를 못 하고 있으니 이렇게 되면 누가 심신의 장애자인가. 그러면서도 그의 저 이타적인 기도 자체가 하느님의 보응報應을 받으리라는 염치없는 믿음 속에 있다. 그리고 찌는 듯한 혹서와 세상살이의 번열 속에서 시달리다가도 그 영적 선물을 떠올리면 마음의 더위가 가시곤 한다.

청춘의 가능성

누구나 청춘은 무한한 가능성의 시대라고 한다. 이 장밋빛 말에 젊은이들 자신이 도취하기 쉽지만, 실은 먼저 이 말이 지니는 참된 뜻을 밝혀내야 하고 실제 삶의 진실한 모습을 깊이 살펴보아야 한다.

하기야 청춘기는 모든 가능성이 넘치는 시절임에 틀림없다. 그러나 첫째 그 '가능성'이라는 말이 문제인데, 이것을 '무엇이나 할 수 있다'든가 '모든 것을 할 수 있다'라고 받아들여서는 안 된다.

왜냐하면 인간에게는 '능력'과 '시간'이라는 한계가 있기 때문이다. 더러는 무엇이나 잘해 내는 사람이 있어 만능이라는 표현을 쓰기는 하지만 그것 역시 올 마이티가 될 수는 없는 것이므로 인간의 능력에는 한계가 있고, 보통 인간이 수명을 다 누려야 70년, 그 속에서도 젊음의 시간이나 어떤 일에 한몫을 해내는 시간이란 참으로 짧다 하겠다.

그런즉 청춘의 무한한 가능성이란 말 속에 있는 저러한 인간의 한계성을 올바로 인식하지 않으면 자칫 '나는 무엇이든지 할 수 있다'는 주제넘은 자신이나 헛된 욕망을 일으키게 하기 쉽다.

한편 우리가 날마다 산다는 것은 선택과 결단의 되풀이라고 말할 수 있다. 즉, 우리는 인간에게 주어진 자유를 가지고 개인적인 일상생활에서부터 사회적인 것과 정신적 세계에까지 의식적이든 무의식적이든 여러 가지 가능성 속에다 자기의 상황이나 조건을 고려에 넣고 행동으로서의 선택을 행하고 있다.

그런데 저러한 무수한 생활 속에서의 선택의 범위가 중년이 되었을 때나 늙었을 때보다 젊었을 때가 더 넓은 것이 사실이다. 이것은 어떠한 선택의 상황이나 조건이 인생의 연륜을 거듭할수록 좁아지는 것을 의미한다.

이른바 청춘의 가능성이란 이러한 인생 제반의 선택의 폭이 넓음을 가리키는 것으로, 앞서도 말했듯이 인간의 능력이나 시간과 같은 한계성의 고려도 없이 무엇이든지 할 수 있다는 말이 결코 아닌 것이다.

말하자면 어떤 사람이 할 수 있는 일이란 결국 하나밖에 없는 것이다. 이 하나를 선택할 때 청춘에게는 많은 가능성, 즉 선택의 자유에 광범한 진폭을 가지고 있다는 말이다.

세상에는 가다가 무엇이든지 다 해보겠다는 탐욕의 사람이 있지만, 이는 어쩌면 아무것도 이루지 않겠다는 말과 같다. 인간의 재간이나 능력이 꽃을 피우고 열매를 맺으려면 오랜 시간이 필요하고, 또 거기에는 피나는 노력이 따라야 한다. 어떤 일에 자신의 전 능력을 기울여 가며 10년, 아니 전 생애의 노력을 바치고 있을 때 비로소 자기의 일이나 그 길에 대한 선택의 보람도 깨닫게 되는 것이다.

인간 성공이니, 완성이니 하는 것은 저러한 노력에 대한 보상으로서 자기가 선택한 어떤 일이나 길을 한 일, 두 일, 한 걸음, 두 걸음 익히고 밟아 나감으로써 단련되는 것이며, 그것이 곧 가능성이요, 거기서 한 인생이 형성되는 것이다. 다시 말하면 스스로가 자신의 힘으로 자기 인생을 살아가는 것이다.

이렇듯 자기가 자신의 가능성을 휘어잡았을 때 처음으로 인생의 자신自信이라는 것이 생겨난다. 그것은 가능성이 헛된 욕망이나 환상이 아니라 자신에게 있어 무엇이 가능한가를 몸소 실천, 확인하는 데서 오는 자기 충족의 기쁨이요, 자기 자신의 삶을 살 수 있게 되었다는 여유에서 오는 마음이다. 로맹 롤랑의 소설 《장 크리스토프》에는 주인공 크리스토프가 그의 백부인 고트프리드와 대화하는 이런 장면이 있다.

"가능성이 없는 것에 마음을 썩여 무엇 하나. 인간은 자신이 할 수 있는 것을 해야만 한다네."

"그것만으로 저는 성이 안 찹니다."

크리스토프는 얼굴을 찌푸리며 대답했다. 고트프리드는 인자하게 웃으며 말을 계속한다.

"그렇듯 이루지 못할 많고 큰 것을 바라는 것은 오만이야! 네가 보통 말하는 영웅이 되려는 것도 그것이지! 그것은 어리석은 짓이지. 영웅, 영웅이 무엇인지 나는 잘 몰라도 내 생각으론 영웅이란 자신이 할 수 있는 것을 해내는 사람이 아닐까. 영웅이 아닌 사람들은 자신이 할 수 있는 것도 안 하고 있으니 말이야!"

"아아!"

하고 크리스토프는 한숨을 쉬면서,

"그러면 도대체 무엇 때문에 살아야 합니까. 애써 사는 보람이 무엇입니까. 원하는 것은 주어진다는 주장도 있지 않습니까."

고트프리드는 다시 너그럽게 웃으면서,

"그들은 거짓말쟁이들이지! 만일 그들의 말이 허튼소리가

아니라면 그들은 위대한 것이 무엇인지 모르는 사람들이
야."

이 대화 속에는 인간의 삶의 가능성과 인간의 삶의 진실이
어떻게 해서 이루어지는가 하는 것이 교묘하게 표현되어 있다.

즉, 저 크리스토프처럼 인간의 가능성을 과시하려 들고 자기
욕망에 몸부림쳐 보지만 고트프리드의 말대로 결국은 자신이
할 수 있는 것은 오직 하나뿐이요, 자기가 무엇을 할 수 있는가
를 깨닫고 이를 수행하는 사람만이 인생에 있어 참다운 삶을 가
질 수 있게 되는 것이다.

물론 이상에서 내가 말한 것은 젊은이들의 무한한 꿈의 날
개를 처음부터 펼치지 못하도록 하려는 것이 아니라, 오히려
그 꿈과 능력을 하나로 집중시켜 고트프리드의 말대로 위대하
고 영웅적인 일과 삶을 이룩하도록 하기 위한 간절한 염원에서
인 것이다.

삶의 본보기 셋

참으로 강한 것

첫째 이야기는 내가 미국에 가 있을 때 들은 이야기로, 뉴올리언스라는 도시에 고아원을 자영하는 한 부인이 있었다. 그녀는 그 어느 해 크리스마스가 다가오자 고아들에게 선물이라도 하나씩 나누어 주려고 용기를 내어 거리의 이 술집 저 술집을 돌아다니며 손님들에게 의연금 상자를 내밀었다.

그랬더니 어떤 사람은 아주 기쁜 마음으로 돈을 보태 주기도 하고, 어떤 사람은 아주 귀찮은 얼굴로 억지로 몇 푼 처넣어 주기도 하고, 또 어떤 사람은 아주 모른 체 외면하기도 하는데 그중 한 술집에서 어떤 취객 하나는,

"이거 재수없게스리, 한잔 걸치고 겨우 기분 좀 내려는데 왜

이 궁상이야? 옛다, 이것이나 마시고 꺼져 버려!"

하고선 맥주를 컵째로 부인의 얼굴에다 냅다 던지는 것이었다.

그래서 부인의 얼굴은 맥주 거품뿐 아니라 그 컵이 깨지는 바람에 유리 조각에 찔려 피가 여러 곳에서 흘러내렸다. 이 난폭한 모주꾼의 행동에 술집 안은 일시에 조용해지고 상처투성이의 부인이 어떻게 나오는가만 모두들 지켜보고 있었는데, 그 부인은 손수건으로 얼굴의 상처를 누르면서 바닥에 떨어진 깨진 컵의 조각들을 주워 들고는 미소 지으며 그 취객에게,

"손님! 감사합니다. 말씀대로 이 컵은 나를 위한 선물로 받겠습니다만, 그러나 불쌍한 우리 고아들에게는 그 어떤 선물을 주시렵니까."

하고 말하더라는 것이다. 그러자 이를 지켜보던 장내의 손님들은 서로 다투어 의연금을 냈을 뿐 아니라 바로 그 취객도 지갑을 꺼내 놓고는 그만 도망치듯 가버렸다고 한다.

이것은 지금으로부터 오래전에 뉴올리언스 시에서 있었던 일화로 그 부인과 그 고아원의 이름은 잊어버렸으나, 그 부인의 유지遺志를 받들어 그 고아원은 지금도 훌륭하게 경영되고 있다고 한다.

참된 인생의 용기라는 것은, 또 인간의 강함이라는 것은 격정激情이나 견강堅剛이 아니라, 이렇듯 유연柔軟과 유화柔和 속에

있음을 잘 보여 주는 이야기다.

슬기와 끈기

둘째 이야기는 내가 어렸을 때 교리방(敎理房 : 가톨릭의 교리를 가르치는 아동교실)에서 서양 수녀에게 들은 그야말로 동화다.

즉, 옛날 서양 어떤 나라의 아리따운 공주님이 악한들에게 납치되어 가서 아주 높디높은 탑 꼭대기에 갇히게 되었다. 그리고 그 꼭대기를 오르내리는 오직 하나의 사다리는 악한들이 안 지킬 때에는 가지고 가버리기 때문에 날개가 없이는 도저히 그 탑 속에서 도망칠 수도 내려올 수도 없는 처지였다.

그런데 그 공주를 시중하던 충성스러운 신하 하나가 날마다 그 탑 밑에 와서 공주를 쳐다보고 무슨 구출 방법이 없을까 하고 안타까워하였다. 이것을 내려다보는 공주 역시 무슨 살 길이 없을까 하고 이 궁리 저 궁리 하다가 마침내 어떤 묘안을 떠올리고는 자기가 입고 있던 비단 웃옷을 벗어 그 실올들을 하나씩 풀어서 잡아매어 가지고는 그 실을 탑 밑으로 드리워 내리고선 신하에게 "가서 이 실보다 약간만 굵은 실을 준비해 와 그 끝에다 매놓으라"고 부탁하였다.

그리하여 그 내려 드리워진 실줄이 조금씩 조금씩 굵고 큰 것으로 날마다 바뀌어 실이 노끈이 되고, 노끈이 새끼줄이 되고, 새끼줄이 밧줄이 되어서 마침내 공주는 그 밧줄을 타고 높은 탑에서 무사히 탈출하게 되었다.

여기서 우리가 주목할 것은 공주가 웃옷의 실올을 풀어 그것을 탑 아래로 드리울 생각을 해냈다는 것도 기특하지만, 그녀나 신하가 성급히 그 가는 실에다 끈이나 새끼줄 같은 굵은 줄을 매지 않고 조금씩 늘려 나간 그 노력과 끈기라 하겠다.

이렇듯 우리는 자기 삶에 소여所與된 어떤 여건과 그 활로를 자각하고 발견하는 것도 중요하지만, 이를 성취하는 데는 노력과 인내가 필요하다는 것을 깊이 깨우쳐야 할 것이다.

곧은 마음씨

셋째 이야기는 내가 일본 동경에 가서 대학을 다닐 때 선생님에게서 들은 이야기다.

즉, 어떤 일본 학자 한 사람(그분이 나의 교수의 친구였다)이 독일에 유학을 갔는데, 그가 졸업하고 돌아올 무렵 함께 공부하던 외국 유학생끼리 버스를 타고 관광 여행엘 나섰더란다.

그래서 어떤 지방에 이르러 휴게소에서 버스가 쉬는 참에 일행도 내려서 잠시 서성거리는데, 이 외국인 일행을 진기하게 여긴 그곳의 어린이들이 몰려와 에워싸고 사인을 청했다. 그때 일본 학자가 먼저 만년필을 꺼내 서명을 하고 그 만년필을 일행에게 돌렸는데, 그것이 이 손 저 손으로 도는 동안 그만 버스의 발차 시간이 되어서 챙기지 못하고 허둥지둥 타고 출발하고 말았다.

그러자 창밖 어느 소년이 만년필을 손에 높이 쳐들고 버스를 쫓아오는 것이 보였지만, 그는 만년필 한 개 잃어버린 것쯤 곧 단념하고는 여행을 계속하였다. 그 후 학업을 마치고 귀국하여 그 기억마저 희미해지고 말았다.

그런데 한 1년쯤 후엔가 어떤 독일 부인으로부터 뜻밖의 소포 하나를 받아 풀어 보니 그 속에는 부서지고 망가진 자기의 옛 만년필에다 새 만년필 하나와 다음과 같은 글발이 적혀 있었다.

　　뵈옵지도 알지도 못하옵는 일본 박사님! 1년 전 선생님의 만년필을 들고 집으로 돌아온 저희 아이는 그다음 날부터 박사님의 주소를 찾기에 모든 힘을 다 기울였습니다. 그때 박사님 일행이 하신 서명을 유일의 단서로 신문에다 투고를 하고 여러 대학에 조회를 하여 마침내 베를린에 있는 일본대사관에다 문의를 한 것이 맞아떨어져 박사님 주소를 알아내기에 이르렀습니다. 그래서 저희 아이는 뛸 듯이 기뻐하며 만년필

을 소포로 꾸려 가지고선 '엄마! 나 우체국에 다녀올게' 하고
나간 것이 그 아이의 최후였습니다. 그 아이는 그만 그 일에
너무나 정신이 팔려서 거리를 가다 자동차에 치여 숨지고 말
았던 것입니다. 이때 박사님의 만년필은 그 아이의 품속에서
이렇게 부서져 망가졌습니다. 그래도 저는 이 망가진 것이나
마 제 아이의 정성 대신 보내오며 제가 또한 그 아이의 유지
를 받들어 새 만년필 하나를 동봉하오니 받아 주소서.

참답고 바른 삶을 살려는 저 모자母子의 아름다운 마음씨를
우리도 거울로 삼고 한번 살아 보지 않으려는가.

고민의 과대망상증

지난 공휴일 오후 나의 강단인 중앙대학 문예창작과 졸업생 몇이 찾아와서 이 얘기 저 얘기 나누던 중 그 하나가 "요새 저희들에게는 하도 고민거리가 많아서 무엇을 어떻게 해야 할지 막연해지고 솔직히 말하면 니힐(허무)에 빠지고 말아요"라고 토로했다.

나는 그 하소연을 들으며 문득 어떤 회상이 떠올라 그것을 이야기하면서 그들의 마음을 달래 보냈는데, 나의 그 제자만이 아니라 오늘날 저런 마음의 정황 속에 있는 젊은이들이 많지 싶어서 여기다 그 추억을 되옮겨 적어 본다.

50년 전 내가 일본 동경에서의 대학생 시절인데 그때 나는 망국민으로서의 억울함과 역정을 비롯해 사상적 방황과 갈등,

이상과 현실의 상충, 자아발견과 자기혐오 등 그야말로 온 세상의 모든 고민을 자신이 다 안고 또 걸머지고 있는 듯한 착각에서 청춘의 낭만이나 그 약동과는 등진 절망과 허망을 되씹고 있었다. 그래서 이러한 정신적 번민에서의 탈출을 위하여 당시 일본의 저명한 종교 지도자나 정치사상가, 또는 학자나 문인들의 공적 집회나 문하생 모임 같은 데를 열심히 찾아다녔는데 그때 재야 철학자라고나 할 이시마루 고헤이石圓悟平라는 분의 모임에 들렀다가 다음과 같은 이야기를 들었다.

즉, 이시마루 선생에게는 수년래 어떤 시골 청년이 자신의 정신적 고민을 호소하고 그 지도를 간청하는 편지를 계속 보내왔었는데, 그 청년은 문면으로 보아 상당히 유식한 사람으로 선철先哲들의 이름이나 그들의 학설 등을 열거하여 자신의 정신 상황이나 내면 의식과 대비하면서 거기서는 자신의 구원이 없다고 고백해 오며 특히 염세적이요, 허무주의적인 철학자나 문학자들의 사상이나 작품이 많이 들먹여졌다는 것이다.

그런데 그 언제부터인가 편지가 한동안 뚝 끊어졌다가 바로 그날 그 청년으로부터 돌연 편지를 다시 받았는데 그 사연인즉,

"선생님, 그동안 너무나 심려와 번뇌를 끼쳐 드려 죄송스럽기 그지없습니다. 실은 오랫동안 저는 성병에 걸려 있어 고민하고 있었사온데 우연한 인연으로 인하여 명약을 구해 먹고 이제는

완쾌되었습니다. 그래서 저는 인생의 새로운 광명과 희망 속에
부풀어 있습니다……."
라는 내용이었다.

이 글발을 읽어 준 이시마루 선생은 "임질이면 쥬사이도(당시
광고되던 약명)를 먹고 매독이면 606호(이 역시 당시 유행하던 주사약)
를 맞아야지 공연히 나에게다 몇 해를 두고 니체가 어떠니, 쇼
펜하우어가 어떠니 해봐야 철학이 어찌 화류병을 고친단 말인
가" 하면서 깔깔대고 웃고, 그때 그 자리에서 듣고 있던 우리들
도 모두 폭소를 터뜨렸다.

페니실린이니 무어니 하는 항생제들이 발달된 오늘에야 성병
이 한 젊은이의 인생에 치명적 고민이 될 리 만무지만(아니 오늘
날에도 에이즈라는 것은 바로 그와 같겠지만) 당시 청년들의 고민의 실
체는 바로 저런 데 숨겨져 있었던 것이다.

그래서 이시마루 선생은 덧붙이기를,

"우리의 고민이나 번뇌의 씨나 실체란 저 성병을 지녔던 청
년과 마찬가지로 아주 사소하고 단순하고 신변적이요, 개인적
이고 또한 자신의 삶의 장애나 욕구불만에 속한 것이다. 가령
빚에 쪼들리고 있다든가, 월급이나 계급이 안 올라간다든가, 어
떤 이성이 마음에 드는데 상대를 안 해준다든가, 가정불화가 있
다든가, 특히 여성에게 있어 얼굴이나 맵시가 언짢다든가 등 아

주 비근하고 신변적인 데 깃들어 있다. 그런데 이렇듯 개인적인 고민을 가지고 이를 해결하거나 극복하려는 노력은 없이 사회적 모순이나 보편적 문제의식과 혼동하여 고민의 과대망상에 빠져 허덕이고 있는 이가 많다. 그러므로 그대들은 먼저 자기 고민의 씨와 그 실체를 발견하고 이를 해결하고 극복하기에 노력하라."

고 훈계하였다.

물론 나는 이 감명 깊은 교훈을 듣고 그 당장 대오철저大悟徹底하여 모든 번민에서 벗어났던 것은 아니지만, 적어도 자신의 고민의 실체를 파악하는 데 노력하게 되었고, 또한 고민의 분수를 지키려고도 애쓰게 되었다고 하겠다.

실상 오늘날 우리에게 고민할 소재란 무한량하다시피 많다. 조국의 분단, 사회적 부조리와 모순, 범죄의 창궐과 폭력의 난무, 생활의 욕구와 불만, 가정의 불화나 실연失戀, 사업의 부진이나 실패 등과 나아가서는 물리악(物理惡 : 생로병사와 천재지변)과 윤리악(倫理惡 : 인간의 자유의지로 행하는 범죄나 비행) 등 그 모두가 고민과 고통의 대상이라고 하겠다. 특히 물리악적인 불행을 지닌, 즉 신체장애자들에게 있어 그 무고한 불행 자체가 전 인생의 고민과 고통이 되고 있는 게 사실이다.

신학적인 개념을 빌리면 악이란 물리악이나 윤리악을 막론하고 절대에 대한 결핍 상태, 즉 유한성을 의미하는 것이기 때문에 결국 인간의 이 유한성이 인간고人間苦의 씨앗인 것이다.

그래서 우리 인간은 먼저 인간의 유한성을 명확히 인식하고 그 자각 위에서 자신의 고민의 실체를 파악하여 개인적이고 신변적인 고민을 해결하고 극복함으로써 사회적 또는 보편적 문제의식과 대결하고 대처해 나가야 한다. 특히 물리악적인 무고한 불행을 지닌 신체장애자들은 고통 그 자체에 함몰되기 쉬운데, 저 삼중고三重苦를 이기고 당당하게 인생을 영위하고 인류의 보편적 고민의 승리자가 된 헬렌 켈러 여사를 본받도록 하자.

한마디로 말해 일체를 고민한다는 것은 어쩌면 하나도 옳게 고민하지 못한다는 것과 다름이 없고, 또한 일체의 고민은 하나의 고민도 해결하지 못할 것이다. 그럼에도 불구하고 우리는 항용 고민의 과대망상증에 빠져서 자신의 고민의 씨나 실체를 발견하고 이를 극복 못 한 채 그 수렁에 빠져 허덕이고 있다. 암울한 삶에서 헤매고 있다.

성급과 나태

20세기 문학의 가장 중요한 개척자 중 한 사람인 독일의 소설가 프란츠 카프카는 현대인의 죄악을 '성급과 나태'라고 갈파했다. 언뜻 들으면 의아하지만 좀 곰곰이 생각하면 실로 탄복할 명언이라 하겠다.

즉 현대인은 삶의 성취나 이상의 달성을 그 준비의 노력이나 시기의 성숙을 고려하지 않고 성급히 획득하려 들며, 또한 이러한 성급함이 자신의 삶이나 이상을 향한 노력을 손쉽게 포기하거나 나태 속에 빠지게 한다는 이야기다.

솔직히 말해 나는 오늘의 우리 젊은이들, 특히 우리 학생들의 사고와 행동 역시 저러한 성급과 나태를 범하고 있다는 느낌이다. 그들의 현실에 대한 비난과 반감을 이해 못 하는 바 아니지만 '과연 그들이 행동으로 나아가 오늘의 현실을 개선시킬 능력의 준비가 되어 있으며, 또 자기들이 나설 시기인지 아닌지의 여부가 고려되고 있는 것인가?' 의문이 든다. 냉엄성을 지니고 객관적으로 이를 판별할 때 그것은 역시 자기들의 준비에 대한 노력과 시기에 대한 성숙에 인내심이 없는 성급한 욕구요, 나아가서는 자기들의 본분에 대한 나태라 아니할 수가 없다.

어느 시대 어느 사회를 막론하고 현 실태란 그 시대를 짊어진 세대들의 지적·정서적·의지적 능력의 총량으로 결정된다. 물론 거기에는 역사적·타력적他力的 요소가 없지 않지만 그것에 대한 요리 능력 역시 그 세대들의 저러한 지정의知情意의 총량이 좌우하는 것이다.

그래서 가령 현실이 아주 조악하다면 그것은 그 현실을 담당한 세대들의 능력의 빈곤에서 오는 것으로, 만일 그런 조악한 현실의 개혁이나 개선을 원한다면 말할 것도 없이 보다 월등한 지적 능력과 순화된 정서와 견고한 실천 의지를 갖추고, 또 거기다가 그 시기에의 성숙을 기다려서 발휘하지 않으면 그것을 성취할 수 없음은 명백한 일이다.

그럼에도 불구하고 스스로의 능력의 축적이나 그 능력을 발휘할 시기에 대한 객관적 고려 없이 현실에 대한 반감만 가지고 충동적 행동으로 나아간다면 그야말로 성급과 나태를 되풀이하는 것이 될 뿐이다.

　이 시간 우리 앞에 벌어진 크고 작은 모든 세상살이가 실패작으로 보이고 시행착오로 여겨지는 것은 순수한 이상 추구자인 여러분이나 시인인 나나 동감이다. 그래서 나는 더욱 내일로 닥칠 그대들의 시대를 위하여 오늘의 그대들은 보다 깊은 예지와 기량을 갈고 닦아 주길 절원切願하는 것이다.

한 촛불이라도 켜는 것이

한 촛불이라도 켜는 것이
어둡다고 불평하기보다 낫다

It is better to light a single candle
than to complain of the darkness

- 1960. 11. 4. 펄 벅

　이 글은 미국의 여류작가 펄 벅 여사가 1960년 서울에 왔을
때 공초 오상순 선생을 명동 청동다방으로 찾아와서 그 유명한
'사인 북'에다 써놓은 중국 격언이다.

　공초 선생은 알려진 대로 이 땅 신시新詩의 선구자 중 한 분
일 뿐 아니라 현대 한국이 낳은 현자로, 그는 만년에 교회도 사
찰도 아니고 교실도 강단도 아닌 다방에서 젊은이들에게 선문

답하듯 인생의 제일의적第一義的 물음을 아주 자연스럽게 묻게 하고 계셨다.

이런 선생을 접하고 펄 벅 여사도 크게 감격하여 저런 격언을 써 남겼던 것이다.

그야 어쨌건 오늘날 우리는 흔히 자기가 정당하고 진실하게 못 사는 것은 세상이 틀려먹었기 때문이요, 특히 자신의 우수한 능력을 발휘하지 못하거나 훌륭한 뜻을 펴지 못하는 것은 세상이 돼먹지 않았기 때문이라고 개탄한다. 그리고 세상과 남을 맹렬히 비난하고 저주하는 것을 일삼는다.

그러나 좀 더 냉철히 자기를 객관화해서 살펴볼 때 자신의 삶의 부실이나 그 암울은 자신의 의지의 나약에서 오고, 자기 능력의 침체나 지향의 좌절은 자신의 나태나 결함에서 초래하고 있음을 깨우치게 된다.

물론 나도 오늘의 우리 사회가 지니는 모순이나 부조리를 몰라서 하는 말이 아니라, 오히려 그렇기 때문에 우리가 지니고 있는 능력의 최선을 발휘하여 저 격언대로 어둡다고만 불평하지 말고 한 촛불이라도 스스로가 켜고 밝히기를 함께 다짐해 보려는 것이다.

정치가의 용기

온 세계의 촉망을 한 몸에 지니고 있다가 암살이라는 비극적인 최후를 마친 전 미국 대통령 존 F. 케네디가 상원의원 시절에 쓴 《용기의 옆모습》이라는 책이 있다.

이 책의 내용은 그가 자기의 선배가 되는 역대 미국 상원의원 중 귀감이 될 만한 인물을 골라 그 정치적 행적을 자기 나름대로 음미한 기록인데, 지난 연말 일본 동경에서 열린 국제시인회의에 갔다가 그 일역판을 하나 사가지고 와서 읽고 대단히 감명을 받았다.

그중에서도 특히 인상에 남는 것은 에드먼드 로스라는 사람의 이야기로 그는 상원의원을 한 차례밖에 못 지낸, 말하자면 정치생명이 극히 짧았던 인물이었지만 다음과 같은 감동적 일화를 남기고 있어 여기에 추려서 적어 본다.

다 아는 바지만 미국의 에이브러햄 링컨 대통령은 그가 승리로 이끈 남북전쟁을 끝내고 재선된 지 얼마 되지 않아 암살되고 만다. 그래서 그 잔여 임기를 부통령이었던 남부 출신의 앤드류 존슨이 계승하게 된다. 이 존슨 대통령은 남부연합이 분리되었을 때 오직 홀로 남아서 링컨의 보좌역이 되었던 사람으로, 괴롭게도 남부 출신이면서도 그 남부를 점령한 북부의 의지를 실천하는 대통령이 된 것이다.

본디 링컨 대통령의 점령정책은 관대한 것이어서 존슨은 남부 출신이라는 지역감정에서가 아니라 링컨의 유지를 받든다는 뜻에서도 관용으로 나아갔다. 하지만 당시 여당인 공화당 내부에는 남부를 철저하게 탄압하려는 급진파가 실권을 잡고 있어서 존슨 대통령이 하는 일을 사사건건 비난하고 나섰다. 즉 존슨이 남부 사람이기 때문에 그런 유화정책을 쓴다는 것이었다. 이 때문에 대통령과 의회의 관계는 날로 악화되어 갔다.

그래서 의회가 점령 지역에 대해 가혹한 법안을 통과시키면 대통령은 거부권을 행사하여 이를 되돌렸지만, 그럴 때 의회는 3분의 2의 절대다수를 행사하여 법안을 단독으로 성립시키곤 하였다.

이런 상황 속에서 존슨 대통령이 공화당 급진파의 동조자였던 육군 장관 스탠튼을 해임시키는 사건이 벌어졌다. 이에 대하여 의회에서 들고일어난 것은 물론, 대통령이 전제정치를 한다고 탄핵 결의안을 제출하기에 이르렀으므로 당사자인 스탠튼 장관은 이에 힘을 얻어 정부에서 쫓겨나기는커녕 장관실에다 바리케이드를 치고 신임 장관인 그랜튼 장군을 들여놓지 않는 진풍경마저 연출하였다.

이제 만일 상원이 3분의 2로 그 탄핵안을 통과시키면 대통령은 불가불 물러나지 않을 수가 없는 판세였다. 이럴 때에 앞서 말한 신출내기 에드먼드 로스라는 젊은 상원의원이 주목의 인물로 부상한다. 왜냐하면 상원의 반反대통령 세력은 공교롭게도 3분의 2에서 한 사람이 부족하여, 말하자면 로스 의원이 캐스팅 보트를 잡은 셈이 되었기 때문이다.

하지만 이 로스라는 사람은 캔자스 주 선출의 의원이었고, 또 그곳은 공화당 진보파의 아성이었으며, 그 자신도 그러한 진보적 정책을 내걸고 당선되었을 뿐 아니라 평소 존슨 대통령이란 인물 자체를 별로 좋아하지 않았다.

그런데 이 로스 의원은 막상 대통령 탄핵안이 나오자 일반의 예상과는 달리 좀체 그 태도를 분명히 하지 않았다. 공화당 수뇌들은 로스 의원에게 확고한 탄핵안 찬성 의사 표시를 독촉했을 뿐만 아니라 달래기도 하고 심지어는 돈이 필요하다면 주겠다는 회유책을 쓰기도 하였지만 로스는 끝까지 우물쭈물이요,

뇌물 같은 것은 필요 없다고 거절하였다.

이에 분개한 탄핵파 의원들은 만일 로스가 동조를 안 한다면 그의 사적인 약점을 폭로하겠다든가 죽이겠다고까지 협박 공갈로 나갔으며, 캔자스 선거구민들로부터도 탄핵에 찬성하라는 압력이 빗발치듯 가해져 왔다.

마침내 탄핵 결의안 표결 날이 닥쳐왔다. 당일 미합중국 상원에는 역사적 대통령 탄핵 성립 순간을 보려고 모여든 방청객들로 만원을 이뤘고, 그 흥분과 긴장은 최고조에 달하고 있었다. 그럴 때 창궐하는 것이 광신적 자칭 애국자들로, 그들은 살벌한 분위기를 조성하여 그 반대자들을 위압하였다.

상원의원들은 한 사람씩 대심원장에게 이름을 불리어 앤드류 존슨 대통령이 "유죄냐? 무죄냐?"에 직접 대답을 해나갔다. 로스 의원의 차례가 왔다. 장내는 숨을 죽이고 그의 가부 대답을 지켜보고 있었다. 실상 로스 의원은 그 분위기에 눌려서 처음에는 그 대답이 들리지 않을 정도였다. 다시 한 번 큰 소리로 똑똑히 대답하라는 주의를 받고서야 이번에는 명확하고 큰 음성으로 "무죄!"라고 대답했다.

이 한마디로 탄핵 결의안은 부결되고 존슨 대통령의 명예는 구출되었다. 그러나 대답을 마친 로스 의원은 장내의 소란도 들리지 않는 듯 고개를 숙인 채 한동안 멍하니 그 자리에 서서 떠날 줄을 몰랐다. 왜냐하면 그는 이 순간 '자기의 정치생명도, 젊은이의 양양한 미래도, 명성도, 재산도 다 잃고 다 끝이 났다는 것'을 알고 있었기 때문이다.

그러면 그는 왜 자신의 불리와 멸망을 알면서도 그런 길을 택했는가?

그는 아직 젊고 또 신출내기 정치가였지만 대통령이 이렇듯한 정파에 의해 타도되면 삼권분립의 정신이 침해될 뿐만 아니라 의회의 다수가 당리당략에서 대통령의 인사 조치를 간섭한다면 당파를 넘은 전체, 즉 국가를 대표하는 대통령의 지위와 위신이 떨어지고 그 직책을 수행해 나갈 수 없다는 결론에 도달했기 때문에 일신상의 모든 위해를 무릅쓰고 반대로 나갔던 것이다.

앞서도 말했다시피 로스 의원은 존슨이라는 인물 자체를 좋아하지도 않았고 그 정책 자체에도 반대했다. 그가 무죄를 주장한 것은 결국 존슨 때문이 아니라 대통령이란 막중한 직책에 대한 존중이었다.

그가 이미 예상하고 각오한 바대로 신문은 일제히 그를 배신자·매국노라고 공격하고 비난했으며, 그의 친구들이나 선거구민들도 그에게 험구와 악담을 퍼부었고, 심지어는 거리를 걸을 때도 시민들의 욕지거리를 들어야 했다. 그래서 그는 임기를 겨우 채웠을 뿐 재선되지 못했고, 나아가서는 신변의 위험이 항상 따라서 결국 뉴멕시코로 이주하고 말 정도였다.

그는 공의公儀를 위하여 정적政敵의 명예를 구출하는 한 표를 행사함으로써 스스로의 정치생명을 끊었으며, 또 당시 세상은 그의 이런 의협義俠 행위를 칭찬해 주기는커녕 그를 매장하기에 급급했다.

그러나 그의 의로움은 결코 그것으로 끝나지는 않았다. 그렇듯 그를 매도하던 바로 그 신문들이 얼마 안 가 이번엔 그의 의기義氣와 용기를 칭찬하기 시작했고 그를 진정한 정치가의 모범으로 추켜세웠다. 그래서 그는 지기知己를 후세에서만 얻은 것이 아니라 현실적으로도 뉴멕시코 주의 지사가 되어 생애를 마쳤다.

내가 소중한 지면에 왜 이렇듯 미국의 한 상원의원의 행적을 지루할 정도로 늘어놓는고 하니 이제 머지않아 출현할 새 공화국의 새 국회의원들은 제발 자기들이 속한 당리당략에만 몰두하지 말고, 또 거기에만 이끌리지 말고 국가의 대의와 사회의 공의에 충성과 헌신을 하고, 또 그런 용기를 가져줄 것을 당부하기 위해서이다.

행차 뒤에 나팔 같은 이야기지만, 가령 저 이승만 정권 때 자유당이나 민주당 의원들 중, 또는 장면 정권 때 민주당의 신구파新舊派 의원들 중, 박정희 정권 때 공화당이나 신민당 의원들 중 로스 의원처럼 국가의 기강을 위해 그 어느 편에 섰든 자신을 희생하려는 사람들이 아주 없지는 않았지만 좀 더 나왔던들 그야말로 오늘의 대한민국의 정치발전은 세계 민주 선진 국가 대열에 낄 수 있었을 것이다.

흔히 이런 말을 하면 정치나 사회의 지도층에 있는 사람들은 국민들의 의식 수준을 탓하고 자기네들의 책임을 국민에게 전가하지만, 솔직히 말해 국민은 언제이고 민주정치나 그 의회정치를 방해한 일이 없다. 이른바 지도층 자체가 대의와 공의를 저버림으로써 민주주의를 후퇴시키고 있을 뿐이다.

당면한 공명선거만 해도 국민들의 미개나 우행愚行을 탓하지 말고 입후보자들 자신이 페어플레이를 하면 국민들은 자연스레 거기 따라가리라는 것은 의심할 바 없다 하겠다.

한 촛불이라도 더 켜는 삶

임헌영
문학평론가·민족문제연구소 소장

1. 한 시골 청년의 고뇌

구상 산문에 매료당하기는 〈고민의 과대망상증〉을 읽고서였다. 망국민으로 도쿄에서 종교학을 전공할 때 사상적 방황과 갈등이 심하여 온갖 세상의 고뇌를 다 앓던 터에 어느 모임에서 재야 철학자 이시마루 고헤이石圓悟平의 이야기를 듣고 쓴 글이다.

그에게 몇 년간에 걸쳐 시골의 한 청년이 고민을 호소하며 지도를 간청하는 인생 상담 편지를 보내왔다고 한다. 문면으로 보아 상당히 유식해 보이는 그 청년은 선철先哲들의 이름을 나열하며 그들에게서도 자신의 고뇌를 해결할 수 없다며 염세적이고 허무주의적인 철학과 문학 작품을 거론해 댔다. 이시마루로서도 별 대책이 없어 안타까웠는데, 한동안 편지가 끊겼다가 다시 서신이 왔는데 "선생님, 그동안 너무나 심려와 번뇌를 끼쳐 죄송스럽기 그지없습니다. 실은 오랫동안 저는 성병에 걸려 있어 고민하고 있었사온데 우연한 인연으로 인하여 명약을 구해 먹고 이제는 완쾌되었습니다. 그래서 저는 인생의 새로운 광명과 희망 속에 부풀어 있습니다"라는 것이었다.

이에 이시마루는 "임질이면 쥬사이도(당시 광고되던 약명)를 먹고 매독이면 606호를 맞아야지 공연히 나에게 몇 해를 두고 니체가 어떠니 쇼펜하우어가 어떠니 해봐야 철학이 어찌 화류병을 고친단 말인가" 하면서 한바탕 웃었다고 한다.

가령 빚에 쪼들리고 있다든가, 월급이나 계급이 안 올라간다든가, 어떤 이성이 마음에 드는데 상대를 안 해준다든가, 가정불화가 있다든가, 특히 여성에게 있어 얼굴 맵시가 언짢다든가 등 아주 비근하고 신변적인 것들에 대해 자신이 극복할 노력은 않고 사회적 모순이나 시대고로 확대하여 고뇌에 빠진 예가 바로 과대망상증 고민일 것이다.

이 이야기를 듣고 대오철저大悟徹底 각성하여 구상은 자신의 고민의 실체와 극복책, 현실적인 고뇌의 정체를 갖게 되었다고 했다.

2. 도가 높으면 마귀가 끓는다

시인 구상은 네 살 때 "북한 함경도 지구 선교를 맡게 된 독일계 가톨릭 베네딕도 수도원의 교육사업을 위촉받은 아버지를 따라 서울서 원산시 근교인 덕원德源"으로 가서 자랐다(〈나의 금잔디 동산〉).

66마지기 논을 가진 넉넉한 집안에서 다섯 살에 천자문을 뗀 총기를 가졌기에 어른들의 기대도 컸을 터였으나 악지가 세서 열다섯 살 때 신부가 되고자 베네딕도 수도원 신학교에 들어갔다. 그러나 3년 만에 환속, 일반 중학생으로 편입했다가 퇴학당해 야학, 노동, 유치장 신세 등으로 말썽을 피워 '주의자'란 별명을 얻은 상태에서 일본으로 밀항, 종교학을 전공하게 되었다 (〈나의 대학 시절〉).

이런 말썽꾸러기였기에 어머니는 "나는 네가 세상에서 잘났다는 소리를 듣느니보다 그저 수굿이 살아 주는 게 소원이다"라고 애원에 가까운 당부를 했고, 아버지는 돌아가시기 사흘 전 이런 간곡한 유훈을 남겼다.

> "너는 매사에 너무 기승氣勝을 하지 말라! 아무리 의롭고 바른 일이라도 기승을 하면 위해危害를 입느니라" 하시면서 《채근담茶根譚》을 손수 펼쳐 짚어 보이신 것이 다음과 같은 구절이다.
>
> 조금 줄여서 사는 것이 조금 초탈해 사는 것이니라.
> 減省一分便超脫一分
>
> 저 유훈을 받을 때가 언제인고 하니 나의 대학 시절로서(1학년

여름방학), 그때 나는 희망과 고민의 과대망상에 빠져 있는
상태라 저러한 아버지의 말씀에 크게 깨닫고 마음을 돌이켰
다기보다는 노쇠한 영감님의 소극적 인생관이라고 여겼던
게 숨김없는 고백일 것이다.

- <아버지의 유훈과 형의 교훈>

아마 이시마루 고헤이의 강론을 듣기 이전이었을 것으로 추
정된다. 그러기에 아버지의 유훈을 깊이 새겨듣지 않았을 터이
다. 그러나 이후 이 대목은 구상에게 일생을 지배하는 인생론과
세계관과 신앙관, 그리고 문학관의 기본 골조를 형성시켜 준 중
요한 가르침으로 승화된다. 도고마성道高魔盛, 즉 '도가 높으면
마귀가 들끓는다'(《삶의 보람과 기쁨》)는 중도의 사상을 나타낸 이
인생론은 구상 사상의 귀감이었다.

갓 스물에 그는 "교회에선 이단자로, 향리에서는 불량자요,
가문에서는 불효자로 전락"했는데, 8·15는 그에게 역사의 경
이였다. 시인으로 신분증을 갱신한 그는 원산에서 '응향 사건'
의 주역으로 부각되어 월남, 분단 한국사에서 일약 스타가 되어
정관계政官界는 물론, 정보 관련 기관과 언론계와 문화예술계 전
반에 걸친 총아로 손색이 없었다(《나의 인생 행각기》).

시인 구상은 온갖 세상 풍파 다 겪고서도 고난의 흔적이나

운명의 예시를 얼굴에 나타내지 않는 대범한 관용과 넉넉함으로 도사급 특유의 무덤덤한 표정을 지녔다. 그 유유자적한 여유와 이해력, 깊은 포용력과 유연함은 어떤 까탈스러운 상대라도 무장해제시킬 만했다. 그는 독실한 가톨릭 신앙인이면서도 무신론이나 반신론에 독신론瀆神論까지 수렴했기에 인간세상의 모든 논리와 주장에 귀 기울였다.

그는 유명 시인이었으나 그 명성을 향유하며 문사인 척하지 않았고, 최고 권력자의 절친이었지만 그걸 사리사욕이나 온당치 못하게 활용한 적이 한 번도 없었을 뿐만 아니라 언제나 일정한 틈새를 유지한 사제와 같은 품격을 지녔다. 이런 도사 같으면서도 지극히 속인 같은 절제된 구도자의 삶이 일관되게 가능하도록 만든 기조가 바로 부모로부터 훈육된 체질로 이뤄진 것으로 볼 수 있다.

이런 기질적인 바탕에다 시인 자신의 진리와 학문에 대한 테두리 없는 탐구욕이 보태졌다. 그는 동서 고전에 선을 긋지 않았고, 학문적 영역에서도 경계를 넘나들었으며, 벗을 사귐에도 직업이나 빈부귀천은 물론이고 신앙이나 이념의 구분을 따지지 않았다.

이 천의무봉한 인간으로서의 구상이 남긴 산문은 입심 좋은 초로의 노인이 아무런 부담감 없이 펼쳐내는 흥미진진한 이야기에 가깝다. 그의 산문에는 파란만장한 자신의 생애가 너무나 담담하게 축약되어 있는가 하면 인생론과 문학예술론부터 교유록을 거쳐 자연과 인간, 사회와 인간 사이에서 일어날 수 있는 온갖 협잡질까지도 그저 사돈네 쉬어빠진 김치 이야기하듯이 객관성을 유지한 채 전개된다.

3. 무간지옥에 갈 문학인의 운명 피하기

구상은 월남 후 북한에서의 '응향 사건'의 스타로서 이승만 전 대통령까지 만날 기회가 있었는데, 이 대통령은 "우리가 법통을 계승하려는 것은 우리가 세웠던 임시정부의 혁명 정신을 계승하려는 것이지 그 어떤 인물이나 그 어떤 기구의 감투를 계승하는 것이 아니다. 그것은 법통이 아니라 밥통의 계승이다"라는 말에 자못 감동했으나 이내 실의와 낙담에 빠진다. "독립유공자나 애국지사들에게 대한 그의 푸대접을 목격하면서 정치의 비정성이 저런 논리 속에 깃들여 있음에 놀랐다"고 구상은 독재정권의 추악성을 날카롭게 지적했다(〈나의 기자 시절〉).

그러니 북에서 탄압받던 이 시인이 남한의 독재자에게도 필화를 당하는 것은 정해진 이치였다. 구상에게 문학이란 "이 인간

의 불행, 특히 우리(나라와 겨레)의 비참한 현실에 비켜서서 문
학은 무슨 문학이냐? 그것은 자독 행위지!"라는 말에 축약되
어 있다. 40여 년 가까이 이런 자문자답을 되풀이하다가 만년
에 터득한 그의 문학관은 "존재적인 측면과 문학의 효용적인
측면 이 두 가지 속성의 분리 속에 존재하는 것이 아니라 그 통
합 위에 존재하고 또 그래야만 한다는 것이다"로 귀착했다(〈나는
왜 문학을 하는가〉).

　이런 문학관은 따지고 보면 구상 자신이 종교와 문학에 양다
리를 걸치고서 "승도 속도 못 되고 마치 항상 변통便桶 위에 앉
은 엉거주춤한 상태"(〈나의 문학적 자화상〉)라는 고백으로 이해할
수 있겠다. 그렇다고 구상이 임기응변적인 처세주의자는 한사
코 될 수 없었음은 널리 알려진 대로다. 그의 생각으로는 시인
의 인격적 존재로서는 만해 한용운을 으뜸으로 쳤을 것으로 보
인다.

　　가령 오늘의 어떤 시인이 만해 한용운보다도 찬란한 언어와
　　능란한 솜씨로 훨씬 애국적인 시를 만들어냈다 해도 그의 실
　　제 행동이 비어 있을 때 과연 그 메시지가 독자들에게 감동을
　　주고 먹혀들어갈 것인가 하면 이는 천만의 말씀인 것이다. 이
　　것을 시에서는 언령言靈이라고 해서 말이 생명을 지니기에는

그 말을 지탱하는 내면적 진실, 즉 그 말이 지니는 등가량等價
量의 윤리적 의지와 그 체험을 필요로 한다.

- <예술인의 자세>

불교를 통한 변증법적 통섭에 이른 만해와 가톨릭을 통해 그
런 경지를 향해 정진했던 구상은 그 지향과 업적은 다르나 구
도적 자세, 자신의 삶과 문학을 인격체로 구현했다는 점에서는
닮았다.

이래서 구상은 같은 시대에 살았던 문학예술계를 가리켜 "풍
류인이나 현실 생활의 무능력자로 보이는 것은 오히려 그래도
애교인 편이지만, 예술가라는 것이 시류에는 원숭이가 줄을 타
듯 바꿔 타고, 권력이나 금력 앞에서는 강아지처럼 꼬리를 치
고, 시장의 얌생이꾼들이나 약 광고보다도 더 염치없고 허황스
러운 자기선전을 하는 자들이 창궐"하고 있다고 쏘아댔다(《예술
인의 자세》).

그가 이와 같은 문학예술관을 정립하는 과정에서 그 주춧돌
을 놓게 된 계기를 만든 것은 대학 시절이었다.

도모마츠 엔데이友松圓諦라는 산문山門 출신의 교수가 불교개
론 시간에 십악도十惡道 중 기어綺語의 죄를 "비단 같은 말, 즉
번드레하게 꾸며낸 말이란 뜻인데 이렇듯 교묘하게 꾸며서 겉

과 속이 다른, 즉 실재가 없는 말, 진실이 없는 말을 잘 해서 이 죄를 가장 많이 범하는 게 누군가 하면 바로 종교가들이나 문학가들이다. 그래서 많은 종교가들이나 문학가들은 이런 기어의 죄로 말미암아 죽은 뒤 한시도 고통이 멈추지 않는 무간지옥 無間地獄에 떨어져 (요새 우리말의 표현으로 하면) 혀가 만 발이나 빠지는 형벌을 받을 것이다"라고 경고했다는 것이다.

"나는 그때도 이미 문학을 지망하는 사람으로 비록 종교가는 아니요, 일개 신자지만 교수의 말씀에 등허리가 써늘해지는 느낌이었고, 그 후 50년 동안 글을 쓸 때마다 저 교훈이 경종처럼 울려온다"고 했다(〈불교와 나〉).

이런 구도적 자세의 구상의 시선에 드는 예술가다운 품격을 지닌 인물에 대한 그의 애정은 사뭇 깊다. 화가 이중섭, 시인 오상순, 김광균, 아동문학가 마해송 등에 대한 추억담에는 외경심이 스며 있다.

4. 들풀처럼 살기

구상 시인의 만년의 보금자리였던 여의도 아파트 11층 앞뒤 베란다에는 10여 개나 되는 들풀, 즉 잡초의 화분과 화반이 놓여 있었다. 낡은 화분이나 버려진 통과 양푼을 주워다 흙을 담아 놓으면 거기에 묻어온 씨앗들이 싹을 틔운 들풀들이 자라났다.

> 이 들풀들을 가꾸다 보면 오히려 난이니 장미니 국화니 튤립이니 페튜니아니 하는 이름난 화초들보다 훨씬 더 친근감이 가고, 더구나 이것들을 바라보고 있노라면 콘크리트 숲 속 닭장 같은 아파트 11층 구석방에 앉아서도 고향의 들길이나 산기슭을 거니는 느낌이 든다. 그리고 그들 들풀이 피우는 조그맣고 가냘픈 꽃들을 바라볼 때는 저 기독교 성서의 비유대로 솔로몬 왕의 치레 옷이 이에 비할 바 아님을 눈물겹도록 실감한다.
> - <들풀과 선물>

그런데 어느 날 하와이대학에 머물렀을 때 사귄 미국인 W교수가 이 아파트 서재를 방문하고 돌아간 뒤 그의 한국인 제자가 느닷없이 고급 화분 7~8개를 싣고 와서는, W교수가 1백 달러를 보내면서 좋은 화분을 선물로 전해 주라고 당부했다는 것이다. W교수의 시선에는 들풀이 너무나 초라해 보였을 터였는데, 시인에게는 그 귀한 화분이 처치 곤란이어서 어느 수녀원으로 보냈다는 사연을 담은 이 작품은 우리 시대의 수작에 속한다. 바로 구도자 구상의 철학과 삶을 담은 명품이다.

더 감동적인 작품이 있다. 뉴올리언스에서 들었다는 실화다.

고아원을 자영하던 한 부인이 크리스마스를 앞두고 의연금을 모으고자 거리와 식당 등을 두루 다니다가 어느 술집에서였다. 취객이 "이거 재수없게스리, 한잔 걸치고 겨우 기분 좀 내려는데 왜 궁상이야?" 하면서 맥주 컵을 부인의 얼굴에 냅다 던졌다. 상처에서 흐르는 피를 닦으며 부인은 깨진 컵의 조각을 들고 말했다.

"손님! 감사합니다. 말씀대로 이 컵은 나를 위한 선물로 받겠습니다만, 그러나 불쌍한 우리 고아들에게는 그 어떤 선물을 주시렵니까."

이를 지켜보던 손님들 모두가 의연금을 냈고, 그 취객도 지갑을 꺼내놓고는 도망쳐 버렸다는 사연이다(《삶의 본보기 셋》).

풀꽃 같은 삶이란 어떤 것일까. 그 해답을 구상은 한 촛불이라도 켜려고 노력하는 삶이라고 주장한다. 한국을 사랑했던 펄 벅이 1960년 서울에 왔을 때, 11월 4일 공초 오상순의 명동 청동

다방으로 찾아가 사인북에다 남긴 말이 "한 촛불이라도 켜는 것이 어둡다고 불평하기보다 낫다(It is better to light a single candle than to complain of the darkness)"는 것이었다.

그만큼 들꽃 사랑이란 현실 사랑의 지표인 것이고, 구상의 산문은 우리들 가슴에 촛불을 켜게 해준다.

구상 산문선집
한 촛불이라도 켜는 것이

초판 1쇄 펴낸날 2017년 9월 14일
초판 2쇄 펴낸날 2018년 11월 1일

지은이 구 상

펴낸이 최윤정
펴낸곳 도서출판 나무와숲 | 등록 2001-000095
주 소 서울특별시 송파구 올림픽로 336 1704호(방이동, 대우·유토피아빌딩)
전 화 02)3474-1114 | 팩스 02)3474-1113
e-mail : namuwasup@namuwasup.com

ISBN 978-89-93632-67-5 03810